ro
ro
ro

Mit Illustrationen
von Sabine Völkers

Renate Ahrens

Vergiftete Muffins

Ein deutsch-englischer Kinderkrimi

Rowohlt Taschenbuch Verlag

Originalausgabe
Veröffentlicht im Rowohlt Taschenbuch Verlag,
Reinbek bei Hamburg, August 2008

Lektorat Marie-Ann Geißler
Umschlag- und Innenillustrationen Sabine Völkers
Umschlaggestaltung any.way,
Barbara Hanke / Cordula Schmidt
Satz Plantin PostScript (InDesign)
Gesamtherstellung CPI – Clausen & Bosse, Leck
Printed in Germany
ISBN 978 3 499 21464 6

Vergiftete Muffins

A REAL SHOCK!

Niklas wachte auf und wischte sich über die Augen. Was war das für ein merkwürdiges Schiebefenster? Und wieso lag er nicht in seinem Hochbett?

Da fiel es ihm wieder ein: Er war in London! Und er hatte Ferien. Endlich!

Plop ... plop machte es draußen. Plop ... plop. Das waren die ersten Tennisspieler. Die Plätze lagen am Eingang zu einem riesigen Park. Wiesen, Hügel, Wald und Seen, so weit man gucken konnte.

Als sie vor zwei Tagen angekommen waren, war auch seine jüngere Schwester Lea ganz begeistert gewesen.

«Hier wohnen wir?», rief sie.

Papa grinste. «Ich habe gewusst, dass euch Hampstead Heath gefallen wird.»

«*Wie* heißt das?», fragte Lea.

«Hampstead ist ein Vorort von London und ‹heath› bedeutet Heide.»

«Hampstead Heide», murmelte Niklas.

«Es ist ein wilder Park, einer der schönsten Englands», sagte Mama. «Hier gibt's sogar Badeteiche, einen für Frauen, einen für Männer und einen gemischten.»

Ihre Wohnung lag im dritten Stock eines alten Hauses. Papa hatte sie für ein paar Monate gemietet, weil er einen Film in London drehte. Mama, Lea und Niklas würden die Sommerferien hier verbringen. Erst hatten Lea und er keine Lust dazu gehabt, weil sie lieber ans Meer wollten. Aber dann erzählte Papa ihnen, dass Johnny und Julie, ihre südafrikanischen Freunde, auch nach London kommen würden. Ihr Vater war Kameramann, und Papa fand die Zusammenarbeit mit ihm letztes Jahr in Kapstadt so gut, dass er ihn wieder als Kameramann engagiert hatte.

«Und was ist mit dem *Bed & Breakfast* von Mrs. Saunders?», fragte Lea. «Kann sie das einfach für sechs Wochen zumachen?»

«In Südafrika ist jetzt Winter», antwortete Papa. «Da gibt's nicht so viele Touristen in Kapstadt. Außerdem haben sich die Eltern von Johnny und Julie schon lange gewünscht, mal eine Weile in London zu leben.»

«Und wir haben noch eine tolle Nachricht für euch», sagte Mama. «Die Saunders haben die Wohnung direkt nebenan gemietet.»

«Juhu!», rief Lea.

Niklas drehte sich nochmal auf die andere Seite. Kurz nach acht. Es war still in der Wohnung. Heute war Sonnabend, da konnte auch Papa ausschlafen.

Mehr als sieben Monate waren seit ihrer Abreise aus Kapstadt vergangen. Aber bei der Ankunft von Julie und Johnny in London war es ihm so vorgekommen, als hätten sie sich vor ein paar Tagen zuletzt gesehen.

Lea und Johnny hatten sich regelmäßig gemailt. Er hatte Julie nur eine Mail zu ihrem zwölften Geburtstag geschickt und sie ihm eine zu seinem elften.

Niemals würde er vergessen, wie sie in Kapstadt den Tierschmugglern auf die Spur gekommen waren! Frank Breitenbacher hieß der Boss, und er wohnte ausgerechnet in dem *Bed & Breakfast* von Mrs. Saunders. Junge Geparde wollte er nach Deutschland schmuggeln und dafür viel Geld kassieren.

Später hatten sie in der Zeitung gelesen, dass Breitenbacher jahrelang mit internationalem Haftbefehl gesucht worden war. Jetzt hatte man ihn zu fünf Jahren Gefängnis ohne Bewährung verurteilt: wegen Tierschmuggels, unerlaubten Waffenbesitzes, Bedrohung mit einer geladenen Waffe und weil er versucht hatte, ein Kind zu entführen.

Bei dem Gedanken lief es Niklas immer noch kalt den Rücken herunter. Er war nämlich dieses Kind gewesen! Und beinahe wäre er wirklich von diesem Verbrecher entführt worden.

Lea war empört, als sie von dem Urteil erfuhr. «Was? Breitenbacher hat nur fünf Jahre gekriegt? Das muss ich Johnny schreiben!»

Noch am selben Tag kam eine Mail von Johnny zurück. *I know, it's not enough! He should have been sent to prison for at least ten years!*

Schon zwanzig nach acht, und alle schlafen noch, dachte Lea. Dabei waren sie um neun mit Johnny, Julie und ihren Eltern verabredet. Sie wollten zusammen in einem Café frühstücken, das in Papas neuem Reiseführer so gelobt worden war.

«Ein original englisches Frühstück», hatte Papa gesagt. «Bacon and eggs and toast with marmalade.»

Lea mochte keinen gebratenen Schinkenspeck und auch keine Spiegeleier und erst recht keine Orangenmarmelade! Die war so bitter. Aber Papa hatte ihr versprochen, dass es in dem Café auch etwas anderes zu essen gab. Croissants und Muffins und Joghurt und Obst. Lea lief schon das Wasser im Mund zusammen. Sie würde jetzt aufstehen und die anderen wecken.

Der Himmel war blau, die Sonne schien. Stimmte gar nicht, dass es in England immer regnete.

«Let's go!», rief Johnny, als sie sich alle um kurz nach neun unten vor der Haustür trafen. «I'm starving!»

«Was heißt das?», fragte Lea.

«Ich ... verhungere gleich.»

«Ich auch.»

Wie gut, dass Mrs. Saunders Deutsche war und Johnny und Julie genug Deutsch konnten, um manchmal für Niklas und sie zu übersetzen, wenn sie nicht weiterwussten. Aber meistens verstanden sie sie auch ohne Übersetzung.

«*Sue's Café* liegt in Kentish Town», verkündete Papa und schaute auf seinen Stadtplan, «in einer Seitenstraße der Highgate Road.»

«Ist das weit?», fragte Lea.

«Höchstens zwanzig Minuten.»

Die Mütter liefen vorneweg, ihnen folgten die Väter, dann Julie mit Niklas, und Johnny und Lea bildeten den Schluss. Sie waren sofort wieder bei ihrem Lieblingsthema, den Computern.

«Have you got an internet connection in your flat?», fragte Johnny.

«Ja», antwortete Lea. «Aber meine Mutter braucht in den nächsten Tagen den Internetzugang, weil sie was für irgendeine Reportage herausfinden muss.»

«You can come over to us», sagte Johnny. «I've set everything up and it's working fine.»

Papa drehte sich zu ihnen um. «Hauptsache, ihr hockt bei dem schönen Wetter nicht stundenlang vorm Computer.»

«Nei-ein!», stöhnte Lea.

«In Cape Town they couldn't get enough of it», sagte Mr. Saunders.

«If we hadn't had the internet, we wouldn't have caught the cheetah smugglers», rief Johnny.

Lea sah, wie beide Mütter auf einen Schlag stehenblieben.

«Kinder!», sagte Mama. «Mir wird immer noch schlecht, wenn ich daran denke, dass dieser Frank Breitenbacher Niklas mit einer Pistole bedroht hat.»

«Aber wir haben die jungen Geparde gerettet!», rief Niklas.

«Ihr habt euch in große Gefahr begeben!», sagte Mrs. Saunders.

«No more playing detective this time, okay?» Die Stimme von Mr. Saunders klang ziemlich ernst.

«Habt ihr gehört?», fragte Papa.

Sie nickten alle vier.

«Dann ist es ja gut.»

Und weiter ging's. Niklas dachte an Blacky, Julies kleine schwarze Katze. Sie war Breitenbacher vor die Füße gelaufen, als der ihn mit der Pistole vor sich her zu seinem Wagen geschoben hatte. Er war gestolpert, und Niklas hatte plötzlich keine Pistole mehr in seinem Rücken gespürt. Blacky hatte ihn gerettet.

«Wie geht's Blacky?», fragte er.

«She's fine», antwortete Julie. «My Grandpa is looking after her.»

«Habt ihr nochmal einen verdächtigen Gast in eurem *Bed & Breakfast* gehabt?»

«No, and I hope we never will.»

Niklas' Magen knurrte, und er war froh, als sie endlich an *Sue's Café* ankamen. Vor der Tür standen Tische mit Sonnenschirmen. Es sah fast aus wie ein Straßencafé in Kapstadt. Ruck, zuck hatten Lea und Johnny Plätze für alle besetzt.

«I think it's self-service», sagte Mr. Saunders und zeigte auf die Tabletts der anderen Gäste. «Who wants bacon and eggs?»

Alle außer Lea und Mama. Die wollte lieber Rührei.

«I would like some sausages as well!», rief Johnny.

«And some grilled tomatoes for me», sagte Julie.

«Ich komme mit rein. Mal sehen, was es sonst noch gibt», rief Lea.

«I'll come with you», sagte Johnny.

Gemeinsam folgten sie Papa und Mr. Saunders. Drinnen mussten sie sich an einer Schlange anstellen.

«Hmmm, lecker!» Lea ließ ihre Blicke über den Tresen gleiten: Orangensaft, Melone, Pampelmuse, Erdbeerjoghurt, Karamellpudding, Himbeertörtchen, Croissants, Apfelkuchen, Schokoladenmuffins und etwas, was wie dicke Rosinenbrötchen aussah.

«Wie heißen die?»

«Scones», antwortete Johnny. «They're nice.»

«Okay ... Vielleicht probiere ich sie mal. Oder soll

ich lieber einen Schokoladenmuffin nehmen? Die mag ich auch so gern.»

«Why don't you take both?»

Lea überlegte hin und her. Ein Scone mit Butter und Erdbeermarmelade, einen Schokoladenmuffin und außerdem noch ein Himbeertörtchen und einen Orangensaft. Oder nein, erst mal keinen Schokoladenmuffin. Den konnte sie sich später immer noch holen.

«Look at the guy over there, near the wall, the one with the bald head and the sunglasses», flüsterte Johnny ihr zu und zeigte auf einen großen Mann mit Glatze, Sonnenbrille und einem silbernen Ohrring. «He could be a bodyguard.»

Lea nickte. «Vielleicht frühstückt hier jemand, der berühmt ist. Wenn das Café sogar schon in einem deutschen Reiseführer steht ...»

«Who's next?», rief da die Frau mit dem schwarzen Pferdeschwanz, die hinterm Tresen stand.

«I think it's us», antwortete Mr. Saunders.

Während sie warteten, machte Niklas ein paar Fotos von Julie und Mama unter dem Sonnenschirm und von Lea und Johnny in der Schlange. Sie bemerkten es aber nicht; wahrscheinlich redeten sie wieder über ihre Laptops.

Endlich war es so weit. Die vier kamen mit vollbeladenen Tabletts an den Tisch zurück.

«This looks great», sagte Julie.

Eine Weile waren sie alle mit Essen beschäftigt. Bacon and eggs schmeckten gut, fand Niklas. Außerdem gab es dreieckigen Toast mit Butter und Orangenmarmelade. Und große Becher mit Kakao. Er platzte fast, als er fertig war.

Lea schob sich den Rest ihres Himbeertörtchens in den Mund. «Ich muss mir mal die Hände waschen», sagte sie und stand auf. «Weiß jemand, wo die Toiletten sind?»

«Hinten links», antwortete Papa.

Die Schlange im Café war jetzt noch länger als vorhin. Es standen sogar Leute auf der Straße. Kein Wunder bei den leckeren Sachen, die es hier gab.

Lea wusch sich ihre klebrigen Hände und suchte nach einem Papierhandtuch, aber da hing nur ein elektrischer Händetrockner. Die mochte sie nicht.

Während sie die Hände an ihren Shorts abwischte, kam ein Mädchen mit hellblonden, lockigen Haaren aus der Toilette. Es lief schnell an ihr vorbei, ohne sie anzusehen.

Auf dem Rückweg zu den anderen zögerte Lea einen Moment. Sollte sie sich noch einen Schokoladenmuffin holen? Nein, sie war pappsatt.

«What are your plans for the next few days?», wollte Mr. Saunders wissen, als sie wieder am Tisch saß.

«Would anyone like to play tennis?», fragte Julie.

«Ja», antwortete Niklas. «Aber ich bin nicht sehr gut.»

«Neither am I.»

«You are very good», widersprach Johnny. «Much better than me.»

«Ich hab noch nie Tennis gespielt», sagte Lea. «Aber ich würd's gern lernen.»

«We could also go swimming», schlug Johnny vor. «There are these funny ponds, one for women, one for men and a mixed one.»

«Ja, stimmt!», rief Niklas. «Vielleicht gehen wir gleich morgen früh schwimmen.»

«And what are we going to do today?», fragte Johnny.

«London angucken!», rief Lea und strahlte.

Ein toller Tag, dachte Niklas, als er abends im Bett lag. Sie hatten eine Bootsfahrt auf der Themse gemacht und waren im Tower of London gewesen, einer Festung, in der früher viele berühmte Leute eingesperrt worden waren. Lea wollte unbedingt auch die Kronjuwelen sehen, aber zum Glück war die Schlange zu lang. Später hatten sie fish and chips gegessen, und er hatte gelernt, dass chips Pommes frites waren. Und Kartoffelchips hießen auf Englisch crisps.

«Your English is really good now», hatte Julie auf der Rückfahrt in der U-Bahn gesagt.

«Echt?»

«Yes, it is. Last year, when you came to Cape Town, you often couldn't understand what we were saying.»

«Ja.»

Das war schrecklich gewesen, vor allem, weil Lea immer alles sofort verstand und einfach drauflosreden konnte. Philipp, ihr Hauslehrer, hatte ihm viel geholfen. Nach ihrer Rückkehr nach Hamburg hatte er ihn richtig vermisst.

Nebenan redeten Mama und Papa. Niklas verstand nur das Wort Haushälterin. Stimmt, Mama hatte ihnen erzählt, dass sie jemanden eingestellt hätte, weil sie wegen ihrer Reportagen viel unterwegs sein würde.

Ihm fielen die Augen zu. Hoffentlich war die Haushälterin nicht so streng. Helen in Kapstadt war sehr nett gewesen, aber sie hatten auch schon welche gehabt, die sich ständig in alles einmischten.

Kinder, kommt mal schnell!!!», rief Mama am nächsten Morgen.

Niklas und Lea stürzten ins Wohnzimmer. Dort standen Mama und Papa. Beide waren ganz blass.

«Eben kam in den Nachrichten, dass mehrere Leute mit Vergiftungserscheinungen ins Krankenhaus eingeliefert wurden!», sagte Papa. «Ein Mann ist richtig schwer erkrankt! Habt ihr gestern Morgen im Café einen Schokoladenmuffin gegessen?»

Niklas schüttelte den Kopf.

«Ich wollte erst einen nehmen», antwortete Lea, «aber dann war ich zu satt.»

«Keiner von uns hatte einen Muffin», sagte Niklas.

Mama sank aufs Sofa. «Was für ein Glück. Ich habe mich so erschrocken.»

«Was ist denn mit den Muffins?», fragte Lea.

«Es ist Rattengift darin gefunden worden.»

«Was?», rief Lea entsetzt.

Mama griff nach Leas Hand. «Ja. Und man weiß nicht, ob der Mann überleben wird.»

Lea schluckte. Vergiftete Muffins. Ihr wurde ganz schlecht, wenn sie daran dachte, dass sie beinahe auch einen gegessen hätte.

Das Gesicht kenne ich irgendwoher

Johnny und Julie hatten noch keine Nachrichten gehört, als Niklas und Lea bei ihnen klingelten, um ihnen zu erzählen, was passiert war.

«Who on earth would do something awful like that?», rief Julie entsetzt.

«And why?», sagte Johnny.

«Ist euch irgendwas aufgefallen, als ihr im Café in der Schlange gewartet habt?», fragte Niklas.

«No», antwortete Johnny. «There were just a lot of people queuing for their food.»

«Ich hab auch nichts Besonderes gesehen», meinte Lea. «Nur das, was es zu essen gab.»

«I didn't go inside at all», sagte Julie. «And outside everything seemed quite normal. People were eating, chatting, waiting for tables.»

«Und ich habe 'n paar Fotos von euch gemacht», sagte Niklas. «Deshalb hab ich auch nicht so auf die anderen Leute geachtet.»

«Fotos?», rief Lea. «Hab ich nichts von gemerkt.»

«Let's have a look», meinte Johnny. «Perhaps we'll

see someone smuggling poisoned muffins into the café.»

«Glaub ich nicht», murmelte Niklas und zog seine Digitalkamera aus der Hosentasche.

Gemeinsam schauten sie sich die Fotos an. Witzige Bilder von Lea und Johnny und ziemlich viele von Julie unterm Sonnenschirm. Aber keine verdächtigen Personen im Hintergrund.

«Well, at least we won't forget what Julie looks like», sagte Johnny und grinste.

Niklas wurde rot, während Julie ihren Bruder genervt ansah.

«Was machen wir jetzt?», fragte Lea, als hätte sie Johnnys Bemerkung nicht gehört.

Danke, Lea, dachte Niklas.

«Let's go to *Sue's Café*», antwortete Julie. «You never know ... We might discover something interesting.»

«Hoffentlich finden wir den Weg dahin», sagte Niklas.

«Immer die Highgate Road entlang und dann irgendwann links ab», antwortete Lea.

«And what shall we say to Mom and Dad?», fragte Johnny. «That we'll have a look at the area?»

Julie nickte.

«Dasselbe sagen wir unseren Eltern auch», meinte Lea. «Dann gibt's keine lästigen Fragen.»

Zehn Minuten später zogen sie los. Merkwürdig.

Niklas kam es so vor, als ginge er diesen Weg zum ersten Mal. Gestern hatte er sich die ganze Zeit mit Julie unterhalten. Da war ihm gar nicht aufgefallen, dass die Häuser in der Highgate Road längst nicht so schön waren wie die am Park.

«I think we have to turn left here», sagte Julie nach einer Weile. «And then the café should be on the right hand side.»

Sie hatte recht. Zwei Minuten später waren sie da.

«Guckt mal!», rief Lea und zeigte auf die Tür von *Sue's Café*.

CLOSED stand dort auf einem Schild. Zusätzlich war der Eingang mit Klebestreifen versiegelt.

«Die Polizei hat den Laden tatsächlich dichtgemacht», sagte Niklas.

«Well, I'm not surprised», meinte Julie. «Rat poison in chocolate muffins isn't exactly the stuff people want to eat.»

«What are you doing here?»

Niklas zuckte zusammen.

Vor ihnen stand ein Polizist mit einem hohen schwarzen Helm und blickte sie streng an.

«We ... were just looking at the café», antwortete Johnny.

«Because we had breakfast here yesterday morning», fügte Julie hinzu. «And today we heard that poisoned muffins –»

Sue's Café
closed

«You should go home now», unterbrach sie der Polizist. «This is no place for children.»

Lea hätte ihn gern noch gefragt, ob die Polizei schon eine Spur verfolgte. Aber wie hieß das auf Englisch?

«Could you perhaps tell us if you have any idea who committed the crime?», fragte Johnny.

«I thought I made myself clear!», antwortete der Polizist mit schneidender Stimme. «Off you go!»

Blöder Typ, dachte Niklas, als sie weitergingen.

«Der hätte ruhig ’n bisschen freundlicher sein können», murmelte Lea.

Julie nickte. «He probably thinks we’re just some nosy kids.»

«I would have loved to tell him that we tracked down a dangerous animal smuggler in Cape Town», rief Johnny.

«Der hätte dir eh nicht geglaubt», sagte Lea.

«Vielleicht gucken wir uns hier etwas um», schlug Niklas vor. «Das kann uns niemand verbieten.»

«You’d better not take any photos», flüsterte Julie und deutete mit dem Kopf nach hinten. «The policeman is still watching us.»

«Ich geb uns ’n Eis aus», verkündete Lea. «Eis essen ist doch erlaubt, oder?»

Sie betraten einen schmalen Laden, in dem es Süßigkeiten, Getränke und Zeitungen gab. Lea entschied sich für ein Erdbeereis.

Während sie darauf wartete, dass die anderen sich eins aussuchten, fiel ihr Blick auf eine Schlagzeile in der Zeitung:

GIRL (10) GOES MISSING

Das Foto daneben zeigte ein blondes Mädchen mit blauen Augen. Es schaute ernst in die Kamera. Lea

hatte das Gefühl, dass sie das Gesicht schon mal gesehen hatte.

Sonia B., 10 years old, left her home in North London yesterday morning and hasn't been seen since. Her mother is desperate.

«Gibst du uns nun einen aus oder nicht?», fragte Niklas und gab Lea einen Knuff.

«Na klar», antwortete Lea. Sie wandte sich von der Zeitung ab und zog ihr Portemonnaie aus der Tasche. Wahrscheinlich hatte sie sich bloß getäuscht.

Sie beschlossen, auf der anderen Straßenseite zurückzugehen. Dann mussten sie nicht nochmal an dem Polizisten vorbei.

Die meisten Läden hatten geschlossen, weil heute Sonntag war. Aber die Cafés hatten geöffnet. Und überall war viel Betrieb. Engländer scheinen gern in Cafés zu gehen, dachte Niklas. Er hatte sich vorgestellt, sie würden immer in Kneipen sitzen.

«Did you notice anything particular?», fragte Johnny, als sie an der nächsten Straßenecke stehenblieben.

Alle schüttelten den Kopf.

«Wir brauchen mehr Informationen über *Sue's Café*», sagte Niklas.

«Genau!», rief Lea. «Wer ist diese Sue?»

In dem Augenblick klingelte Julies Handy. «That's Mom.»

«Don't tell her anything», murmelte Johnny.

«I'm not stupid! ... Hello, Mom ... Yes, we're fine ... *What?* ... Oh, poor Granny!!! ... When do you have to go? ... Yes, we'll be right back ... See you then.»

«What happened?», fragte Johnny erschrocken.

«Granny had a heart attack last night and is in hospital.»

«Oh, no!»

«Grandpa is very confused. So Mom has decided to take the next plane to Stuttgart.»

«Really?»

«Yes. Let's go home.»

Zwei Stunden später stieg Mrs. Saunders in ihr Taxi, um zum Flughafen zu fahren.

«Seit Jahren träume ich davon, mal ein paar Wochen in London zu leben, und dann passiert so etwas!», seufzte sie. «Passt bitte gut auf euch auf.»

«Don't worry, Mom», sagte Julie. «We'll manage.»

Am liebsten wären Niklas, Lea, Johnny und Julie gleich wieder losgezogen, aber Mama, Papa und Mr. Saunders wollten erst mal mit ihnen Mittag essen und planen, wie es jetzt weiterging. Mama schlug vor, dass Sharon, die Haushälterin, die ab morgen käme, für beide Familien kochen solle. Und Sharon könne auch die Kinder im Blick behalten, wenn sie für ihre Reportagen recherchieren müsse.

«Wir brauchen keine Aufpasserin!», rief Niklas entsetzt.

«Nee, bloß nicht», stöhnte Lea.

«Aber ihr kennt euch in dieser Riesenstadt überhaupt nicht aus», sagte Papa.

Mr. Saunders nickte. «London is a dangerous place.»

«We're not babies any more!», protestierte Julie.

«Exactly!», rief Johnny.

«Also gut», sagte Papa. «Ich schlage vor, wir machen alle zusammen einen Spaziergang über die Heath. Damit ihr die Gegend etwas kennenlernt.»

So ein Mist, dachte Niklas. Heute würden sie es also nicht mehr schaffen, in Kentish Town nach Spuren zu suchen.

Widerwillig zogen die vier hinter den Erwachsenen her. Sie sahen sich das bowling green an, das cricket pitch und verschiedene Teiche, bis sie zum ladies' bathing pond kamen.

«Männer haben hier keinen Zutritt», sagte Mama und zeigte auf ein Schild. «Aber Julie, Lea und ich können ja mal einen kurzen Blick auf den Teich werfen.»

Er war umgeben von hohen Büschen und Bäumen. Das Wasser sah fast schwarz aus. Zehn oder elf Frauen schwammen darin umher. Irgendwo schnatterte eine Ente. Lea fror plötzlich. Hier würde sie nicht gern baden.

Julie verzog das Gesicht. «Doesn't look very nice, does it?»

«Nein.» Wenn Lea ehrlich war, fand sie es sogar etwas unheimlich hier.

Es gab ein Umkleidehäuschen und einen Steg, der ins Wasser führte. Darauf war ein Rettungsring angebracht.

«Two children per adult are permitted to swim here», rief eine Stimme hinter ihnen, «but no children on their own.»

Sie drehten sich um. Eine junge Frau in Shorts und Polohemd schaute zu ihnen herüber.

«I'm the lifeguard», erklärte sie.

«Thanks», antwortete Mama. «We just wanted to have a look.»

«Dass es an so 'nem Teich sogar eine Bademeisterin gibt», wunderte sich Lea.

«I can imagine that the water is quite deep», meinte Julie.

«Ja», sagte Mama. «Wenn man da in der Mitte schwimmt und plötzlich einen Wadenkrampf kriegt ...»

Lea schüttelte sich. «Kommt, wir gehen zu den anderen zurück.»

In der Nacht träumte Lea von dem schwarzen Teich. Es war kein Mensch im Wasser, und auch sonst war es ganz still. Da stand auf einmal das verschwundene blonde Mädchen auf dem Steg.

Lea schreckte hoch. Sie sah das Gesicht genau vor sich. Aber es war nicht das Foto aus der Zeitung.

Plötzlich erinnerte sie sich: am Sonnabendmorgen, auf der Toilette von *Sue's Café*! Das Mädchen mit den hellblonden, lockigen Haaren, das so schnell an ihr vorbeigelaufen war!

Lea sprang auf und lief zu Niklas' Zimmer hinüber. Bei ihm war alles dunkel. Sollte sie ihn wecken? Nein. Er konnte jetzt auch nichts unternehmen.

Langsam wurde es hell. Lea ging ans Fenster und blickte über die Heath. Vielleicht saß Sonia irgendwo da draußen unter den Büschen und fürchtete sich. Bei dem Gedanken, allein auf der Heath übernachten zu müssen, fing sie an zu zittern.

Im nächsten Moment lag sie wieder im Bett und zog sich die Decke über den Kopf. Morgen würde sie zur Polizei gehen.

Are the two Cases Connected?

«Lea, aufwachen!»

Die Stimme schien von weit her zu kommen. Sie schlug die Augen auf. Vor ihr stand Niklas.

«Du musst aufstehen. Die neue Haushälterin ist schon da.»

«Ich weiß jetzt, woher ich das Mädchen kenne!», platzte Lea heraus.

Niklas schaute sie verständnislos an. «Welches Mädchen?»

«Sonia B. Sie ist seit Sonnabend verschwunden. Ich hab gestern ihr Foto in der Zeitung gesehen, als wir unser Eis gekauft haben. Und heute Nacht hab ich von ihr geträumt.»

Und dann erzählte Lea ihm von ihrer Entdeckung.

«Bist du dir sicher?»

«Ja!»

«Dann müssen wir zur Polizei.»

Lea nickte. «Aber sag Mama nichts davon. Sonst lässt sie uns nicht mehr allein nach draußen.»

«Ich bin doch nicht verrückt.»

Ein paar Minuten später gingen sie gemeinsam in die Küche. Sharon hatte rotgefärbte Haare und trug eine blaue Trainingshose. So eine Haushälterin hatten sie noch nie gehabt.

«Hello», sagte sie und lächelte.

«Hi», riefen Lea und Niklas im Chor.

«So you are Lea and Niklas, is that right?»

Sie nickten.

«And how old are you?»

«I'm nine», antwortete Lea.

«And I'm eleven», sagte Niklas.

«Would you like a banana with your muesli?», fragte Sharon und schenkte ihnen Kakao ein.

«No, thanks», antwortete Niklas.

«Yes, please!», rief Lea. «Have you heard about the poisoned muffins?»

«Yes, I have. It's a terrible story!»

«We had breakfast in *Sue's Café* on Saturday morning.»

«Really?»

«I almost had a chocolate muffin.»

«Oh, my God!», rief Sharon. «Not a good start to your holiday in London!»

Nach dem Frühstück gingen sie rüber zu Johnny und Julie. Staunend hörten sich die beiden Leas Geschichte an.

«It's amazing to dream about her», sagte Julie.

Johnny nickte. «I heard something about her on the news this morning. She still hasn't been found.»

«Mir fällt gerade was ein!» Niklas zog seine Kamera aus der Tasche. «Vielleicht ist Sonia B. auf einem der Fotos, die ich am Sonnabend gemacht habe.»

«Das wär natürlich super!», rief Lea.

Zehn Fotos hatte Niklas im Innern des Cafés gemacht. Auf dem vorletzten entdeckte Lea tatsächlich die blonde Sonia im Hintergrund.

Sie klatschte vor Begeisterung in die Hände. «Jetzt können wir der Polizei beweisen, dass Sonia wirklich in *Sue's Café* war.»

«We should go to the police straight away», sagte Johnny. «I'm sure the address of Kentish Town police station is on the internet.»

Zwei Minuten später wussten sie Bescheid: *12a Holmes Road.*

«Let's have a look at the map», antwortete Julie und zog ein Buch aus dem Regal.

«Ist das ein Stadtplan?», fragte Lea ungläubig. «Der hat ja mehrere hundert Seiten.»

«Yes, it's the *London A–Z.* It contains maps of every part of London.»

Es dauerte nicht lange, bis sie die Polizeiwache in Kentish Town gefunden hatte.

«That's not very far from *Sue's Café.*»

«Den Weg kennen wir ja!», rief Lea.

In dem Augenblick klingelte es.

«Das ist wahrscheinlich Mama», sagte Lea und rollte die Augen.

Julie stand auf und ging in den Flur. «Who's there?», hörten sie sie rufen. «Oh, hi, Mrs. Thiessen.»

Lea griff nach dem *London A–Z* und ließ ihn unterm Sofakissen verschwinden.

Da kam Mama auch schon ins Wohnzimmer.

«Ich fahre jetzt los und bin hoffentlich gegen drei wieder zurück.»

«Okay», murmelte Niklas.

«Wollt ihr nicht Tennis spielen?»

«Mal sehen.»

«Auf jeden Fall solltet ihr nicht den ganzen Vormittag drinnen rumsitzen.»

«Nein!», rief Lea.

«Und denkt dran: Um eins gibt's Mittagessen!»

Mama gab ihnen beiden einen Kuss und winkte zum Abschied.

«Well, she said it herself», sagte Johnny. «We shouldn't stay indoors all morning.»

Lea grinste. «Genau.»

Sie fanden die Polizeiwache sofort. Zwei Beamte hatten dort Dienst: ein dünner mit einem Schnauzbart und ein dicker mit einem Bürstenhaarschnitt.

Skeptisch hörten sie sich an, was Lea ihnen zu erzählen hatte. Erst als Niklas ihnen das Foto von Sonia B. zeigte, interessierten sie sich plötzlich für die Geschichte und luden das Bild auf ihren Computer.

«You've given us an important piece of information», sagte der Dünne. «The question is why Sonia was in the café on the morning when poisoned muffins were sold there. Perhaps the two cases are connected in some way.»

«Was hat er gesagt?», fragte Lea.

«Er fragt sich, warum Sonia ausgerechnet an dem Morgen im Café war, an dem dort vergiftete Muffins verkauft wurden», übersetzte Julie. «Vielleicht gibt es eine Verbindung zwischen den beiden Fällen.»

«Glaubt er etwa, dass Sonia die Muffins im Café vergiftet hat?», fragte Niklas.

«He didn't say that.»

«I'll ring Sonia's mother», sagte der Dicke. «We need her to come over as soon as possible.»

Zwanzig Minuten später kam Sonias Mutter, zusammen mit zwei kleinen Jungen und einem schreienden Baby. Niklas sah sofort, dass sie geweint hatte.

«You saw my girl on Saturday morning?», fragte sie und schaute Lea mit weit aufgerissenen Augen an.

Lea nickte.

«Was she all right?»

«I ... think so ...»

Das Baby hörte plötzlich auf zu schreien und streckte einen Arm nach Lea aus.

«The girl saw your big sister», sagte Sonias Mutter und strich dem Baby über den Kopf.

In dem Moment fingen die beiden kleinen Jungen an zu quengeln.

«Will you please stop!», stöhnte ihre Mutter. «I'm exhausted.»

«Do you have some paper and pencils?», fragte Julie die Beamten. «That might keep the boys busy for a while.»

Der Dünne nickte und gab den kleinen Jungen Papier und Bleistifte.

«Let's try and draw something, okay?», schlug Julie vor.

«Who are you?», fragte der Größere.

«I'm Julie and this is my brother Johnny.»

«Our sister ran away!»

«I know.»

Während Julie mit den Jungen malte, begann ihre Mutter wieder zu weinen.

«Life has become so difficult», schluchzte sie. «Last week I lost my job, because I was always late in the morning … I couldn't help it with four children … My husband left me six months ago … I don't know where he is … And now Sonia is gone … Perhaps she ran away to look for her father …»

Niklas verstand nur so viel, dass Sonias Mutter letzte Woche ihren Job verloren hatte und schon vorher von ihrem Mann verlassen worden war. Vielleicht war Sonia weggelaufen, um ihren Vater zu suchen.

«Does your husband sometimes go to *Sue's Café*?», fragte der Dünne.

«Was hat er gefragt?», rief Lea.

«Ob ihr Mann manchmal in *Sue's Café* geht», erklärte Johnny.

Sonias Mutter schüttelte den Kopf.

«Do you have any idea why your daughter went there on Saturday morning?»

Wieder schüttelte sie den Kopf.

«Has she ever been there before?»

«Yes, of course. She sometimes picked me up after work.»

Der Dicke und der Dünne sahen sich an. Sie waren genauso überrascht wie Johnny.

«Das hab ich nicht kapiert!», rief Niklas.

«Sonia hat ihre Mutter manchmal vom Café abgeholt», übersetzte Johnny.

«Hat sie dort gearbeitet?», fragte Lea erstaunt.

«Yes», sagte Johnny.

«You never told us that you worked in the café», sagte der Dicke vorwurfsvoll zu Sonias Mutter.

«I thought I did», antwortete sie patzig.

Mit Sonias Mutter stimmt irgendwas nicht, dachte

Niklas, als sie kurz darauf alle die Polizeiwache verließen.

Auch Julie war nachdenklich. «Strange woman.»

«Find ich auch!», rief Lea. «Warum hat sie nicht erzählt, dass sie in *Sue's Café* gearbeitet hat?»

«She certainly had a motive to poison the muffins if she was sacked last week», meinte Johnny.

Julie nickte. «And Sonia might have seen her doing it.»

Niklas blieb stehen. «Glaubt ihr, dass die Mutter ihre eigene Tochter verschwinden lassen hat?»

«Warum nicht?», sagte Lea. «Vielleicht sollten wir mal gucken, wo sie wohnen.»

«There they are!»

Johnny zeigte auf die andere Straßenseite, wo Sonias Mutter auf ihre beiden kleinen Jungen einredete. Das Baby schrie im Kinderwagen.

«Okay, let's follow them», sagte Julie.

Sie waren höchstens zehn Minuten gelaufen, da sah es um sie herum schon ganz anders aus. So viel Verkehr und so viel Müll, dachte Niklas, während er die ersten Fotos machte. Und wie klein die Häuser hier waren. Die Läden hatten schmuddelige Schaufenster. Überall gab's Graffiti. An den Straßenecken standen junge Männer und rauchten. Zwei Jugendliche rempelten sie an. Motorräder rasten an ihnen vorbei. Es roch nicht gut.

«Hier würde ich nicht gern wohnen», murmelte Lea.

«Neither would I», meinte Johnny.

«I have the feeling that a lot of these guys are unemployed», sagte Julie leise.

«Unemployed ... was heißt das?», fragte Lea.

«... arbeitslos.»

«Kann sein.»

Niklas ging ein Stück weiter. Manche dieser Typen sahen ziemlich schräg aus. Ihre Nasen, Lippen und Augenbrauen waren gepierct, und fast alle waren tätowiert.

«Why are you taking pictures of us?», fragte da plötzlich eine raue Stimme.

Niklas zuckte zusammen. Vor ihm stand ein Typ mit einer Zahnlücke und starrte ihn an.

«Sorry, I ...»

«We're not some tourist attraction.»

«Let's go», hörte er Julie hinter sich sagen.

«Spoilt brats!», schrie der Typ hinter ihnen her.

«Was hat er gesagt?», fragte Niklas.

«... verwöhnte Bälger», übersetzte Julie.

«Wo ist Sonias Mutter?», rief Lea aufgeregt. «Wir haben sie verloren!»

«No, we haven't!», beruhigte Johnny sie. «She took the next road to the right.»

Sie fingen an zu rennen, und zum Glück sahen sie

gerade noch, wie Sonias Mutter mit dem Kinderwagen im Eingang zu einem schäbigen Hochhaus verschwand.

«Oh, what a horrible block of flats», sagte Julie und zeigte auf die kaputte Haustür und die eingeschlagenen Fensterscheiben.

In dem Moment entdeckte Niklas die beiden kleinen Jungen auf dem Hinterhof.

«Guckt mal, Sonias Brüder sind draußen geblieben.»

«Let's talk to them», schlug Julie vor. «And we can also have a look around the courtyard.»

Als sie auf den Hof kamen, liefen die Jungen mit Stöcken hinter einer orange getigerten Katze her. Doch die Katze war schneller als sie und verschwand mit einem Satz hinter der Mauer.

«Hey, why are you chasing the cat?», rief Julie wütend.

«We always chase him. He's used to it!», antwortete der Kleinere.

«He's called Ginger», sagte der Größere. «And he belongs to Sonia.»

«Do you have any idea where your sister could be?», fragte Johnny.

Die beiden schüttelten den Kopf.

«Could she be hiding in one of the sheds?», fragte Julie.

«No!!!»

«Lasst uns trotzdem mal reingucken», schlug Lea vor.

«Ich weiß nicht …», murmelte Niklas.

Doch Lea hatte schon die erste Schuppentür geöffnet. «Alte Autoreifen, 'n paar kaputte Stühle –»

«What are you doing there?», schrie da plötzlich jemand hinter ihnen.

Niklas sah, wie zwei junge Männer auf sie zukamen. Einer von ihnen war der Typ mit der Zahnlücke. Sie mussten weg hier! So schnell wie möglich.

Der Typ baute sich vor Lea auf. Gleich würde er sie schlagen.

«I … I …», stotterte Lea.

«Sorry», sagte Julie und griff nach Leas Hand. «We were just about to go.»

Dann rannten sie los! Und Niklas und Johnny rannten hinter ihnen her. Er wusste nicht, ob die Männer ihnen folgten. Und er wagte nicht, sich umzudrehen.

Sie blieben erst stehen, als sie wieder auf der Hauptstraße waren. Zum Glück war ihnen keiner gefolgt.

«That was close», keuchte Julie. «They could've beaten us up.»

«Ich … ich hab solche Angst gehabt!», flüsterte Lea und fing an zu weinen.

Julie nahm sie in die Arme. Und Niklas strich ihr kurz über die Haare. Er hatte einen Kloß im Hals. Am liebsten hätte er auch geheult. Sie mussten in Zukunft besser aufpassen.

«Let's go home», sagte Johnny.

Das Interview

Lea hatte immer noch verweinte Augen, als sie nach Hause kamen.

«What happened?», fragte Sharon erschrocken.

«It's … nothing», murmelte Lea.

Sharon schaute sie zweifelnd an. «Are you sure?»

«She … hurt her foot when we were running across the Heath», erklärte Julie, ohne mit der Wimper zu zucken.

«Do you want me to have a look at your foot?», fragte Sharon.

«No … thanks.»

«Poor Lea.»

«There's a lovely smell coming from the kitchen», versuchte Julie sie abzulenken.

«I thought you might like some homemade bread», erklärte Sharon.

«Hmmm!»

«We'll have carrot soup with it.»

Niklas runzelte die Stirn, als sie in die Küche gingen. Möhrensuppe? Hoffentlich schmeckte die.

Sharon begann, ihnen aufzufüllen. «Your mum rang to say that she'll be back an hour later.»

«Okay ...» Lea griff nach ihrem Löffel. Sie fühlte sich wieder ganz gut, und je später Mama kam, umso besser.

«It's delicious», sagte Julie.

Lea nickte. Die Suppe war wirklich lecker.

Sharon lächelte. «Thanks.»

Alle nahmen noch ein zweites Mal. Zum Nachtisch gab es Erdbeeren mit Vanilleeis. So konnte es ruhig weitergehen, dachte Niklas.

«Have you heard about the missing girl?», fragte Lea plötzlich.

«Yes, I have», seufzte Sharon. «It's such an awful story! Her poor mother! She must be so worried.»

Niklas gab Lea einen kleinen Tritt gegen das Schienbein. Sie sollte bloß nichts ausplaudern.

«Do you know her?», fragte Johnny.

«No, but I know the block of flats where she lives. Not a very nice neighbourhood, I can tell you.»

Einen Moment lang waren sie alle still.

«Perhaps the girl ran away because she couldn't bear it any longer», fuhr Sharon fort.

Lea nickte. An Sonias Stelle wäre sie auch längst weggelaufen.

Nach dem Essen gingen sie rüber zu Johnny und Julie, um zu überlegen, welche Spur sie jetzt weiterverfolgen sollten.

«I'll just see if they've caught anyone in connection with the poisoned muffins», sagte Johnny und setzte sich an seinen Laptop.

Julie schaltete den Fernseher an. «Perhaps there'll be something on the news.»

Kurz darauf klingelte Julies Handy. Es war ihre Mutter. Julie erzählte ihnen anschließend, dass es ihrer Oma etwas besser gehe.

«Dann kann deine Mutter vielleicht schon bald wiederkommen», meinte Niklas.

«No, I don't think so. My Grandpa can't take care of himself.»

Niklas' Blick fiel auf den Fernseher. Dort fingen gerade die Nachrichten an. «Mach mal etwas lauter.»

Julie drückte auf die Fernbedienung.

Leider redete der Sprecher so schnell, dass Niklas kein Wort verstand.

«Johnny, do you want to watch the news?», fragte Julie.

«Okay.»

«Hey, die Frau mit dem schwarzen Pferdeschwanz kennen wir doch!», rief Lea und zeigte auf den Fernseher. «Die stand in *Sue's Café* hinterm Tresen und hat uns bedient.»

«That's true», sagte Johnny.

Sue Brookner, owner of Sue's Café erschien unten auf dem Bildschirm.

«Do you have any idea who could have poisoned your muffins?», fragte der Interviewer.

Sue nickte. «I told the police about my suspicions, but so far they haven't made an arrest.»

«And why is that?»

«It's not easy to prove», antwortete Sue. «The person I have in mind has been very clever in destroying evidence.»

«What could be the motive? Why would anyone do such a nasty thing?»

«I'm sure you'll understand that I can't answer that question. I would be warning the suspect.»

«You opened your café only eighteen months ago –»

«Yes, I did and it has been a great success right from the start. Everything I serve is super fresh, we have home-made produce, wonderful coffee and my cakes have become famous throughout North London.»

«Do you think you'll be able to reopen your café once an arrest has been made?»

«I very much hope so. It's a catastrophe for me at the moment, but I'm an optimist.»

«And what are you doing in the meantime?»

Sue zeigte auf ihren Rucksack. «I'm off to go for my daily swim on the Heath. That clears the head.»

«Habt ihr das gehört?», rief Lea aufgeregt. «Ich wette, sie geht zum ladies' bathing pond.»

«Sue Brookner, thank you very much! And good luck!», verabschiedete sich der Interviewer.

«Wahnsinn!» Niklas sprang auf. «Nichts wie los!»

«I don't think it was a live interview», meinte Julie. «Sue Brookner might not be swimming in the pond when we get there.»

«Nein, aber die Bademeisterin kann uns vielleicht sagen, ob sie immer zu 'ner bestimmten Zeit dort schwimmt.»

«Let's give it a try!», sagte Johnny.

Sie waren noch keine fünf Minuten unterwegs, da ballten sich über ihnen die ersten Wolken zusammen. Bald würde es anfangen zu regnen.

«Kommt, wir rennen!», rief Lea.

Bis zum ladies' bathing pond war es viel weiter, als Niklas es in Erinnerung hatte. Einmal stolperte er über eine Baumwurzel und wäre beinahe hingefallen. Das fehlte noch, dass sich wirklich einer von ihnen den Fuß verletzte.

Endlich erreichten sie die Abzweigung.

«You wait here», sagte Julie zu den Jungen. «Keep your fingers crossed that we find something out.»

Der Teich kam Lea heute noch dunkler vor als gestern. Es waren nur fünf Frauen im Wasser.

«You were here yesterday with your mum», rief die Bademeisterin. «Are you looking for someone?»

«Yes, we are», antwortete Julie. «A woman with a black ponytail. She's about thirty. Her name is Sue Brookner.»

«Oh, yes, Sue comes here every day, usually very early in the morning, but since the police closed down the café ...» Die Bademeisterin unterbrach sich und runzelte die Stirn. «What do you want from her?»

«We would like to ask her something», sagte Lea.

«Well, she's already had her swim today. You'll have to come back tomorrow.»

«When would be a good time?», fragte Julie.

«I'd say around eleven o'clock.»

«Thanks a lot.»

Sie liefen zu den anderen zurück und berichteten ihnen, was sie erfahren hatten.

«Dann müssen wir wohl bis morgen warten», seufzte Niklas.

«Ich würde so gern wissen, wen Sue Brookner verdächtigt», rief Lea ungeduldig.

«Me, too», sagte Johnny. «I'm sure it's not Sonia's mother.»

In dem Moment fing es an zu regnen.

Sie rannten, so schnell sie konnten, aber schon nach wenigen Minuten waren sie klitschnass.

Zu Hause mussten sie alle erst mal heiß duschen.

Sharon stellte ihnen zum Glück keine Fragen, sondern legte nur ihre nassen Sachen in den Trockner.

«Habt ihr Tennis gespielt?», fragte Mama, als sie um vier zurückkam.

Niklas schüttelte den Kopf.

«Was habt ihr denn gemacht?»

«Wir sind 'n bisschen durch die Gegend gelaufen», antwortete Lea.

«Wie hat euch das Mittagessen geschmeckt?»

«Gut.»

«Ich möchte übrigens nicht, dass ihr euch irgendwo Kuchen oder Süßigkeiten kauft, solange dieser Mensch frei herumläuft, der die Muffins vergiftet hat.»

«Okay», murmelte Niklas, ohne sie anzusehen.

This is not a Kid's Game!

Am nächsten Morgen regnete es immer noch, ein grauer Nieselregen wie im November, dachte Lea.

Vielleicht ging Sue Brookner an so einem Tag gar nicht schwimmen. Dann würden sie mit ihrer Spurensuche heute nicht weiterkommen.

«Guck mal», sagte Niklas und zeigte auf Sharons Zeitung, die auf dem Küchentisch lag.

WAS SONIA KIDNAPPED? lautete die Schlagzeile.

The police have not ruled out a kidnapping, but they have not received any demands. Three days after her disappearance there is still no trace of Sonia B. (10).

«Aber warum sollte Sonia entführt worden sein?», fragte Lea.

«Keine Ahnung», antwortete Niklas. «Sonias Mutter hat ja kaum Geld. Um Erpressung kann's also nicht gehen.»

«Johnny soll mal im Internet nachsehen, ob's da nähere Informationen gibt.»

Sie gingen gleich rüber zu den beiden, und tatsächlich war Johnny gerade dabei, einen Artikel auszudrucken, in dem es um die mögliche Entführung von Sonia ging.

«Die Idee kommt mir ziemlich abwegig vor», sagte Niklas.

«No, I bet she was kidnapped», entgegnete Johnny. «Sonia's mother said that her husband left her six months ago. We don't know what went on between them. Perhaps he has kidnapped the girl.»

«I still think the mother might be hiding her daughter», meinte Julie. «Perhaps we should go back to the block of flats and talk to her.»

«Damit der Typ mit der Zahnlücke uns zusammenschlägt?», rief Niklas. «Nein danke.»

«Leute, es ist gleich Viertel nach zehn!», sagte Lea. «Wir müssen los zum ladies' bathing pond.»

«I can't imagine that Sue Brookner will be there on a morning like this», murmelte Julie.

«Ich schon.» Niklas stand auf. «Sie klingt wie jemand, der bei jedem Wetter schwimmen geht.»

«And why should she talk to us?», fragte Julie. «She doesn't know us.»

«Wenn sie zum Teich kommt, wird sie mit uns reden. Da bin ich ganz sicher», sagte Lea.

Johnny nickte. «She must be keen to find the person who poisoned her muffins. Otherwise her café might stay closed for weeks or months.»

Es war kurz vor elf, als sie am Teich ankamen. Diesmal waren Niklas und Johnny mitgekommen.

«Kann sein, dass die Bademeisterin euch gleich wieder wegschickt», sagte Lea.

«Es sind höchstens drei oder vier Frauen im Wasser», meinte Niklas. «Die werden schon nichts gegen zwei Jungen wie uns haben.»

«Good morning», hörten sie da die Bademeisterin rufen. «This is the ladies' bathing pond. Boys aren't allowed to come here.»

«We were wondering if you could make an exception», sagte Julie und lächelte. «Just for today. It would be very kind of you, indeed. I'm sure the ladies in the pond won't mind.»

Die Bademeisterin betrachtete Niklas und Johnny einen Moment lang und nickte dann. «All right. Just for today. By the way, Sue Brookner hasn't arrived yet. You can wait for her if you like, but there's no guarantee that she'll come.»

«Was meint ihr?», fragte Niklas.

«We'll wait», antwortete Julie.

Sie setzten sich auf den Steg und sahen den Enten zu, die zwischen den Frauen umherschwammen.

«Do your parents know that you're walking around the Heath on your own?», fragte die Bademeisterin.

Niklas holte tief Luft. «... They don't have a problem with that.»

«I'm surprised. It's not a safe place for children.»

Kann sie nicht endlich aufhören, dachte Niklas.

«You probably haven't heard about the missing girl, have you?»

«We have!», rief Lea. «I was the last one who saw her. And I told the police about it.»

«Oh, really?» Die Bademeisterin schaute Lea verblüfft an. «So were you in the café on Saturday morning?»

«Who was in the café?», fragte da eine tiefe Frauenstimme.

Niklas blickte hoch. Vor ihnen stand die Frau mit dem schwarzen Pferdeschwanz. Sie hatte eine rote Bademütze in der Hand.

«We were», antwortete Julie. «Together with our parents. I'm Julie Saunders and this is my brother Johnny. We are from Cape Town. These are Niklas and Lea Thiessen from Hamburg.»

«Well, pleased to meet you. I'm Sue Brookner.»

Sie lächelte und gab ihnen allen die Hand.

«The little girl claims to have been the last one who saw Sonia B.», sagte die Bademeisterin.

«Oh, you are the one!», rief Sue Brookner. «The police told me about a German girl.»

In dem Moment rief eine der schwimmenden Frauen nach der Bademeisterin. Niklas war erleichtert. Sie musste ja nicht alles mit anhören.

«We have an idea who could have poisoned your muffins», sagte Julie leise.

«Really?», antwortete Sue Brookner erstaunt. «Go on, tell me!»

«We think it might be Sonia's mother.»

«Oh, no! I can't imagine that.»

«She was very strange when we met her at the police station.»

«In what way?»

«For example she didn't tell the police that she had been working in your café», antwortete Johnny.

«Perhaps she was worried that she might become one of their suspects. I had to sack her, because she was always late. So I suppose in the eyes of the police she had a motive. But she's not the type of person who would take revenge in such a nasty way.»

«We saw the interview with you on television», sagte Niklas.

«Oh, did you?» Sue Brookner seufzte. «That interviewer gave me such a hard time.»

«Why?», fragte Lea.

«He wanted me to tell him who I have in mind, but of course I couldn't do that.»

«Could you tell us?»

Sue Brookner runzelte die Stirn. «Look, this is a serious issue and not a kid's game! You could get hurt! That man is dangerous!»

Aha, also ein Mann, dachte Niklas.

«You said in the interview that so far the police haven't made an arrest», sagte Johnny. «Have they questioned the man?»

«Yes, they have, but of course he denied having anything to do with it. And there is no evidence. Nobody saw him doing it. There were no traces of rat poison in his café or on his clothes. So they had to let him go.»

Niklas stutzte. Was hatte Sue Brookner gerade gesagt? Man hat keine Spuren von Rattengift in seinem Café gefunden? Das war doch ein Superstichwort! Der Mann, den sie verdächtigte, besaß also auch ein Café. Vielleicht sogar eins, das längst nicht so gut lief wie *Sue's Café*.

«How could he have done it?», fuhr Johnny fort, als sei nichts passiert. «Would it be possible to smuggle poisoned muffins directly onto your counter?»

Sue Brookner schüttelte den Kopf. «I think I would have noticed that. It's more likely that someone put poisoned muffins onto one of the trays in the kitchen.»

«Was nobody working there?», fragte Niklas.

«Yes, there was, but only one person. She told the police that she didn't see anybody. But she might have gone out for a couple of minutes.»

«Is there a back door?», fragte Lea.

«Yes, there is. And it's always unlocked, for safety reasons, which is quite ironic.»

Niklas sah, dass die Bademeisterin zurückkam. Zum Glück hatten sie das Wichtigste bereits erfahren.

«Are the kids trying to play detective?», fragte sie und schnalzte mit der Zunge.

«They asked all the right questions», antwortete Sue Brookner.

«Children shouldn't get involved in this. It could be dangerous.»

«That's what I said as well.» Sue Brookner setzte sich ihre Bademütze auf. «I'm going to go for my swim now. Bye-bye.»

«Good luck», sagte Julie.

«Thanks», antwortete Sue Brookner.

Niklas konnte es kaum erwarten, bis sie wieder auf dem Hauptweg waren. «Habt ihr gehört, was Sue Brookner gesagt hat?»

«Ja, natürlich!», rief Lea. «Das hilft uns alles nicht weiter.»

Julie grinste. «That's not true. She dropped a hint without noticing it.»

Johnny starrte seine Schwester an. «You're kidding!»

«No, I'm not!»

«Ihr habt nicht aufgepasst», sagte Niklas zu Lea und Johnny. «Sue Brookner hat erwähnt, dass der Mann ein Café hat!»

«Echt?», rief Lea. «Hab ich nicht gemerkt.»

«Sie hat's selbst nicht gemerkt.»

«Now I'm getting the picture!» Johnny holte tief Luft. «Perhaps the guy lost a lot of customers when Sue opened her café eighteen months ago. So he decided to destroy her business by smuggling some poisoned muffins into her café.»

Lea nickte. «Und wenn *Sue's Café* so 'ne starke Konkurrenz für ihn war, muss seins ganz in der Nähe sein.»

«Stimmt», meinte Julie. «But I think there're quite a few cafés. So it won't be easy to find the right one.»

«Vielleicht können wir Sharon fragen, ob irgendeins der Cafés in Kentish Town früher besonders gut lief, bevor Sue ihrs aufgemacht hat», schlug Niklas vor.

«Great idea!», rief Julie. «Let's go home.»

Did you have a nice morning?», fragte Sharon, als sie nach oben kamen.

«Hm», murmelte Niklas.

«What did you do? Did you play tennis?»

«No ...», antwortete Julie. «We just walked around the area ...»

«Are you hungry?»

Alle nickten.

«Today we'll have Shepherd's Pie», sagte Sharon und zog eine Auflaufform aus dem Ofen.

Johnny strahlte. «That's my favourite dish!»

«What is it?», fragte Lea.

«It's minced meat mixed with onions, carrots, celery and a layer of mashed potatoes on top.»

«Smells great», rief Julie.

Und so schmeckte es auch.

«There is still no news about the missing girl», seufzte Sharon. «If one of my children disappeared like that, I would go mad.»

«I read somewhere that she might have been kidnapped», sagte Johnny.

Sharon schüttelte den Kopf. «The family is too poor.»

«Could the father have done it?»

«I don't know ... It seems he left the family and never showed any interest in his children.»

Eine Weile schwiegen sie alle.

«We ... wanted to ask you something», sagte Lea schließlich.

«Go ahead.»

«Which cafés in Kentish Town are the most popular?»

«Oh, I'd have to think about that ...»

«There were lots of people in *Sue's Café* on Saturday morning», sagte Julie.

«Yes, she has done really well», meinte Sharon, «but of course now it's closed because of the poisoned muffins.»

«And how was it before Sue opened her café?», fragte Niklas.

«Well ... all the other places had more customers ...» Sharon überlegte. «There's *Mario's Café*, *Kentish Town Café*, *Café Renoir*, *Fred's Café* ... Yes, now it comes back to me. A couple of weeks ago I noticed that *Fred's Café* was quite empty. That place certainly used to do good business.»

«And where's *Fred's Café*?», rief Lea aufgeregt.

«Oh, it's not far from *Sue's Café*. Why do you want to know? Do you think the owner poisoned Sue's muffins?»

«No, probably not», murmelte Julie und gab Lea ein Zeichen, nicht weiterzureden.

«What's for dessert?», fragte Niklas, um Sharon abzulenken.

«We'll have Raspberry Fool.»

«Raspberries sind doch Himbeeren, oder?»

Julie nickte.

«And Raspberry Fool is a nice mixture of crushed raspberries, sugar, yoghurt and cream», sagte Sharon und holte fünf Gläser mit einer rosafarbenen Mischung aus dem Kühlschrank.

«Hmmm!», rief Niklas.

Julie zwinkerte ihm zu. Er wusste genau, was sie jetzt dachte: Gleich nach dem Essen würden sie losziehen und sich *Fred's Café* etwas näher ansehen.

Das gibt's doch nicht!

Es hatte aufgehört zu regnen, und die Sonne schien.

«Let's go!», rief Johnny.

Den Weg nach Kentish Town kannten sie inzwischen fast im Schlaf. Sie wussten sogar, wann die Fußgängerampeln grün wurden.

Sue's Café war immer noch abgesperrt. Zwei Deutsche standen mit ihrem Reiseführer davor und ärgerten sich, dass sie nicht reinkonnten.

«Hier steht nichts davon, dass dienstagnachmittags geschlossen ist», sagte der Mann.

«Und ich hatte mich so auf den Kuchen gefreut!», rief die Frau enttäuscht.

«Da drüben ist es», sagte Lea leise und zeigte auf die andere Straßenseite.

Fred's Café stand auf der gelben Markise. Die Tische draußen waren fast alle besetzt.

Jetzt gingen auch die beiden Deutschen rüber und setzten sich an den letzten freien Tisch.

«Seht ihr, so läuft das», sagte Niklas. «Hat das eine Café zu, geht man in das andere.»

«Look who's there!», rief Johnny plötzlich.

«Das gibt's doch nicht!» Lea schlug die Hand vor den Mund.

«Was habt ihr denn?», fragte Niklas.

«I don't get it either», meinte Julie.

«Seht ihr den Mann mit der Glatze und der Sonnenbrille?»

«Du meinst den Kellner?»

«Ja», rief Lea aufgeregt. «Der Typ war am Sonnabendmorgen in *Sue's Café*! Er stand hinten an der Wand.»

«I thought he looked like a bodyguard», sagte Johnny.

«Und ich hab gesagt, vielleicht frühstückt hier jemand, der berühmt ist.»

«I think we should go in and have a look at his café, and perhaps at the kitchen too», schlug Julie vor.

«Aber wie sollen wir das machen?», fragte Niklas. «Der Typ wird doch sofort misstrauisch, wenn wir in seine Küche schauen wollen.»

«Perhaps there's a yard at the back with another entrance.»

Niklas zögerte. «Ich seh nicht mal 'ne Einfahrt zu einem Hinterhof.»

«No, because these are terraced houses», erklärte Julie. «But there might be a lane behind them from which you can enter the back yards.»

«Was ist das, ‹a lane›?», fragte Lea.

«Eine … Gasse.»

«Okay, versuchen wir's», sagte Niklas.

Sie überquerten die Straße, gingen an *Fred's Café* vorbei und bogen in die nächste Seitenstraße ab.

Nach ein paar Metern sahen sie tatsächlich einen schmalen Weg, von dem aus man die Hinterhöfe der Häuser erreichen konnte. Aber die meisten hatten Zäune. Und die Tore waren bestimmt abgeschlossen. Außerdem stank es nach Abfall.

«Which one is it?», fragte Johnny.

«Der Dritte oder Vierte», murmelte Lea und sah sich um. «Aber wo ist Julie denn jetzt?»

«I'm here!», hörten sie sie flüstern. «The gate was open. Look, what a lovely tomcat I've found!»

«‹A tomcat›? Ist das ein Kater?», fragte Lea.

Johnny nickte.

Der Kater war orange getigert. Julie versuchte, ihn zu streicheln, aber er wich ihr immer wieder aus.

Als Lea näher kam, hörte sie sein Miauen. «Er hat wahrscheinlich Hunger.»

«Yes, I'm so sorry that we don't have anything for him! It's the most beautiful ginger cat I've ever seen.»

Der Kater hob den Kopf und schaute Julie an.

«What's the matter with you?», fragte sie.

«He heard you say ‹ginger›», sagte Johnny. «Perhaps he's called Ginger.»

«So wie Sonias Kater!», rief Niklas.

«It could be him», sagte Julie. «The family doesn't live far from here.»

Plötzlich machte der Kater einen Satz und verschwand hinter der Mauer.

«Ob dies der Hof ist, der zu *Fred's Café* gehört?», fragte Niklas.

«Ich glaube ja», sagte Lea und zeigte auf die Mülltonnen, aus denen der Abfall quoll. «Lauter gelbe Papierservietten. Und die Markise und die Sonnenschirme in seinem Café sind auch gelb.»

«Seht ihr sonst irgendwas Besonderes?»

«Fred seems to be quite a messy person», antwortete Julie und zeigte auf den Schrott, der überall herumlag: ein altes Waschbecken, ein kaputter Kühlschrank, Metallteile, Blumentöpfe, eine Matratze und sogar ein aufgeschlitzter Autositz.

«Anyway there's no box labelled *rat poison*», meinte Johnny.

«Und was machen wir jetzt?», fragte Niklas. «Ich glaube, hier kommen wir nicht weiter.»

«We could go round to the other side, walk into *Fred's Café* and order something to drink», schlug Julie vor.

«Einfach so? Das bringt doch auch nichts», sagte Lea. «Wir brauchen einen Plan.»

In dem Moment klingelte Niklas' Handy.

«Das ist Mama.»

«O nein!», stöhnte Lea. «Ausgerechnet jetzt!»

«Hallo, Mama», sagte Niklas, während sie auf den Weg zurückgingen.

«Wo seid ihr?»

«... in Kentish Town.»

«Was wollt ihr da?»

«... Wir gucken uns 'n bisschen die Gegend an.»

«Ich dachte, ihr würdet auf der Heath bleiben und Tennis spielen oder schwimmen gehen.» Mama ließ nicht locker.

«Hatten wir nicht so 'ne Lust zu.»

«Auf jeden Fall möchte ich, dass ihr jetzt nach Hause kommt.»

«Wieso das denn?»

«Weil ihr nicht stundenlang allein durch die Stadt ziehen sollt.»

«Wir sind noch gar nicht lange unterwegs», protestierte Niklas.

«Sharon hat gesagt, ihr seid um zwei gegangen.»

«Und jetzt ist es Viertel nach vier. Das ist doch nicht lange!»

«Niklas, keine Diskussionen. Ihr kommt jetzt nach Hause.»

«Och, Mama ... Aufgelegt! So ein Mist.»

«Was hat sie denn?», fragte Lea.

«Wir sollen nicht stundenlang allein durch die Stadt ziehen.»

«Perhaps Sharon told her about our conversation at lunch time», sagte Julie.

«Das fehlte gerade noch», seufzte Niklas. «Dann lässt Mama uns gar nicht mehr raus.»

Als sie wieder an der Vorderseite von *Fred's Café* vorbeikamen, waren noch immer alle Tische besetzt.

Niklas schaute kurz durchs Fenster. Auch drinnen gab es keinen freien Platz. Der Glatzkopf stand hinterm Tresen und kassierte. Er wirkte gut gelaunt und lächelte einem Kunden zum Abschied zu. Ob er wirklich die Muffins vergiftet hatte? Vielleicht hatte Sue Brookner sich auch getäuscht.

Is Sonia Still Alive?

Mama schien nichts von dem Gespräch über Cafés zu wissen, das sie mittags mit Sharon gehabt hatten. Und trotzdem nörgelte sie.

«Ihr wart noch nicht schwimmen, habt kein einziges Mal Tennis gespielt. Was macht ihr eigentlich?»

«Ich hab doch gesagt, wir gucken uns die Gegend an», antwortete Niklas.

«London ist toll!», rief Lea.

Mama runzelte die Stirn. «Morgen nehme ich mir frei. Dann werden wir gemeinsam was unternehmen.»

«Aber Mama, wir –»

«– können uns gut allein beschäftigen», unterbrach Niklas sie.

«Ich habe vorhin mit Julies und Johnnys Mutter telefoniert. Sie findet es auch nicht richtig, wenn ihr so viel allein seid.»

Schweigend verließen sie das Wohnzimmer. So was Blödes, dachte Niklas. Wahrscheinlich würden sie irgendeinen Ausflug machen. Das hatte ihnen gerade noch gefehlt.

«Ob Mama was gemerkt hat?», flüsterte Lea.

«Ich weiß nicht. Wir müssen aufpassen.»

Have you heard the latest news?», fragte Sharon am nächsten Morgen.

Sie schüttelten die Köpfe.

«It's not good», murmelte Sharon und faltete die Zeitung auseinander.

MAN FIGHTING FOR HIS LIFE lautete die Schlagzeile.

«He's one of those who ate the poisoned muffins», erklärte Sharon. «Terrible, isn't it?»

«Yes, it is», sagte Lea.

«How can someone be so cruel and poison food in a public place! I'm really worried! Just imagine if it happened again!»

Wenn es der Glatzkopf war, würde es nicht nochmal passieren, dachte Niklas. Der hätte sein Ziel erreicht. Sue Brookner würde ihm nicht mehr die Gäste wegnehmen.

Um zehn kamen Johnny und Julie.

«Meine Mutter will heute was mit uns unternehmen», sagte Niklas zur Begrüßung.

Johnny starrte ihn fassungslos an. «But I thought we would –»

«Pssst», zischte Lea.

«Perhaps we'll ask your mother if we can postpone whatever she's planning to do», flüsterte Julie auf dem Weg ins Wohnzimmer.

Lea zuckte mit den Achseln. «Wenn meine Mutter sich irgendwas in den Kopf gesetzt hat, ist sie davon meistens nicht mehr abzubringen.»

Mama saß auf dem Sofa und studierte den Stadtplan.

«Good morning», riefen Johnny und Julie.

«Guten Morgen», sagte Mama und lächelte. «Also, das Wetter ist gut, und deshalb habe ich beschlossen, heute mit euch in den Zoo zu gehen.»

«Aha», murmelte Niklas.

«Der Zoo in Regent's Park ist weltberühmt!»

«Muss das unbedingt heute sein?», fragte Lea vorsichtig.

«Ich dachte, ihr freut euch darüber», antwortete Mama enttäuscht. «Ihr wollt doch die Stadt kennenlernen und nicht immer nur auf der Heath herumlaufen.»

«I think it's nice on the Heath», sagte Julie.

«Aber ihr seid zu viel allein unterwegs. Das gefällt mir nicht.»

«But we always stick together», rief Johnny.

«Das will ich hoffen. Trotzdem ...» Mama stand auf. «Wenn wir erst mal da sind, wird's euch schon gefallen.»

«Können wir's nicht verschieben?», versuchte Lea es ein letztes Mal.

«Nein, das können wir nicht.»

Niklas musste zugeben, der Zoo war wirklich schön und riesig groß. Es gab sogar Geparde! Aber er war mit seinen Gedanken in Kentish Town.

«Wollen wir uns die Fütterung der Löwen ansehen?», fragte Mama.

«Okay», murmelte Lea.

«Ich erkenne euch gar nicht wieder», sagte Mama. «Wenn wir zu Hagenbeck gehen, habt ihr immer so viel Spaß. Und jetzt seid ihr im berühmtesten Zoo der Welt und trottet gelangweilt hinter mir her.»

«Gelangweilt sind wir nicht», meinte Niklas.

«No, it's really very interesting», fügte Julie hinzu.

Mama schüttelte den Kopf. Niklas wusste, ihr konnten sie nichts vormachen.

Als sie sich später an einem Kiosk etwas zu trinken holen wollten, fiel sein Blick auf die Schlagzeile in der Zeitung, die dort aushing: *IS SONIA STILL ALIVE?*

Four days ago Sonia B. (10) disappeared. Was she murdered? The police are working round the clock. So far no arrests have been made.

«Was für 'ne schreckliche Geschichte!», sagte Mama. «Ihr habt wahrscheinlich gar nichts davon mitgekriegt.»

«Von dem verschwundenen Mädchen?», rief Lea.

Niklas gab ihr einen Knuff in die Seite. Sie sollte bloß den Mund halten.

«Sharon mentioned the missing girl», meinte Julie beiläufig.

«It's strange that a child just disappears», fügte Johnny hinzu.

«Für eine Mutter ist es ein Albtraum», seufzte Mama. «Das könnt ihr mir glauben!»

Ich habe gehört, ihr wart heute im Zoo in Regent's Park», sagte Papa abends. «War's schön?»

«Ja», antworteten Niklas und Lea.

«So richtig begeistert klingt ihr aber nicht.»

«Doch.»

«Eben kam in den Nachrichten, dass es so aussieht, als ob Sonia B. tatsächlich entführt worden ist», sagte Mama. «Vielleicht vom Vater. Der ist ja auch seit Tagen verschwunden.»

«Echt?!», rief Lea.

«Die Polizei hat ihn jetzt in Liverpool gefunden», antwortete Papa. «Er behauptet, seine Tochter seit sechs Monaten nicht mehr gesehen zu haben.»

«Ob das stimmt?», fragte Mama.

«Man hat natürlich seine Wohnung durchsucht und die Nachbarn befragt. Sie haben aber ausgesagt, dass ihnen nichts Ungewöhnliches aufgefallen sei.»

«Kein gutes Thema, so kurz vorm Einschlafen», meinte Mama und gab Niklas und Lea einen Kuss.

«Papa hat davon angefangen», rief Lea.

«Tut mir leid.»

«Hoffentlich kommt Julies und Johnnys Mutter bald wieder», meinte Mama. «Dann kann sie was mit euch unternehmen.»

«Sieht nicht so aus», sagte Papa. «Sie wird wohl noch mindestens eine Woche bei ihren Eltern in Stuttgart bleiben.»

«Wirklich? Und ich habe so viel zu tun. Morgen drei Interviews, übermorgen zwei ...»

Super, dachte Lea. Dann könnten sie morgen früh wieder allein losziehen.

Leas Traum

In der Nacht träumte Lea, dass sie sich in London verlaufen hatte. Immer wieder landete sie in derselben kleinen Seitenstraße. Wo war Niklas? Sie drehte sich um, konnte ihn aber nirgendwo entdecken. Hatte er sich vielleicht auf einem der Hinterhöfe versteckt? Sie ging durch eine schmale Einfahrt, überall standen Mülltonnen herum, es stank nach Fisch. Da sprang plötzlich etwas vor ihre Füße. «Hilfe!», schrie sie. Dann sah sie, dass es ein orange getigerter Kater war. Er miaute und blickte sie sehnsüchtig an. «Ich hab nichts für dich zu essen», sagte sie und strich über sein Fell. Es war ganz weich. Sie versuchte, ihn auf den Arm zu nehmen, aber das gefiel ihm nicht. Er machte einen Satz und verschwand zwischen den Mülltonnen. Sie schaute sich um. War denn hier niemand, der ihn füttern könnte? Auf einmal entdeckte sie im ersten Stock ein Gesicht am Fenster. Das kannte sie doch …

Lea wachte auf. Ihr war heiß. Sie knipste das Licht an und richtete sich auf. Was war das für ein seltsamer Traum gewesen!

«Lea?», hörte sie Mama da flüstern.

«Ja?»

Mama setzte sich zu ihr aufs Bett und legte ihr die Hand auf die Stirn. «Tut dir was weh?»

«Nein …»

«Du bist ganz heiß, und eben hast du geschrien.»

«Ich hab schlecht geträumt.»

«Wir hätten gestern Abend nicht mehr über diese Geschichte sprechen dürfen.»

«Glaubst du, dass das Mädchen noch lebt?»

«Ich hoffe es», antwortete Mama und strich ihr über den Kopf.

Als Lea am nächsten Morgen aufwachte, hörte sie Sharons Stimme im Flur.

Wie spät war es? Schon Viertel nach neun!

Sie sprang auf und lief ins Badezimmer. Dort stand Mama vorm Spiegel und kämmte ihre Haare.

«Ich habe dich extra etwas länger schlafen lassen», sagte sie und gab Lea einen Kuss. «Jetzt muss ich los. Passt gut auf euch auf.»

Lea nickte.

«Und wenn irgendwas ist, ruft mich an.»

«Wann kommst du wieder?»

«Gegen fünf.»

Johnny und Julie warteten schon auf sie, als sie um kurz nach zehn bei ihnen klingelten.

«Where have you been?», fragte Johnny.

«Lea hat so lange geschlafen», antwortete Niklas.

«We were worried that your mother wouldn't allow you to go out», meinte Julie.

«Die ist schon längst weg», sagte Lea.

«Okay, let's go!», rief Johnny.

Auf dem Weg nach Kentish Town erzählte Lea den anderen von ihrem Traum.

«A face at the window», murmelte Julie.

«But why should the man with the bald head have kidnapped Sonia?», fragte Johnny.

«Keine Ahnung.»

«Ich glaub nicht an eine Entführung», meinte Niklas.

Kurz darauf standen sie vor *Fred's Café*.

«It's open», sagte Julie leise. «And there are quite a few customers.»

Niklas sah, wie der Glatzkopf gerade eine Bestellung entgegennahm.

«Shall we have a look at the back?», fragte Johnny.

Sie nahmen den bekannten Weg zu den Hinterhöfen. Zum Glück war das Tor wieder nicht verschlossen. Lea war die Erste, die den Kater entdeckte. Er saß an der Hintertür des Hauses und miaute.

«That's exactly where he was sitting yesterday when I first saw him», flüsterte Julie.

Lea blickte am Haus empor. Die Fensterscheiben waren schmutzig. Nirgendwo war ein Gesicht zu sehen.

«Perhaps he's sitting here, because Sonia is kept in the house», flüsterte Julie und hockte sich hin. «A cat might do that.»

Vorsichtig streckte sie ihre Hand nach dem Kater aus. Diesmal ließ er sich von ihr streicheln.

«Are you Ginger? Are you waiting for Sonia to come out of the house?»

Der Kater schnurrte.

«Shall we call the police?», fragte Johnny.

«Wir haben keinen Beweis dafür, dass der Glatzkopf was verbrochen hat», antwortete Niklas.

«Lasst uns ins Café gehen und was zu trinken bestellen», schlug Lea vor.

«Und dann?»

«Ich weiß nicht ... Vielleicht gibt's eine Wohnung hinterm Café. Ich könnte mich dort mal umsehen.»

«That's too dangerous», sagte Julie.

«Finde ich auch», meinte Niklas.

«Wenn der Glatzkopf mich sieht, sage ich einfach, dass ich die Toilette suche.»

«Sounds good to me», murmelte Johnny.

Niklas und Julie zögerten noch.

«Los, kommt.» Lea gab Niklas einen kleinen Knuff. «Wird schon nichts passieren.»

Ein paar Minuten später betraten sie das Café. Drei Tische waren besetzt. Dort saßen junge Frauen mit ihren Babys, zwei alte Damen und ein Mann, der telefonierte.

Der Glatzkopf stand hinterm Tresen und war damit beschäftigt, Kaffee einzuschenken. Vor ihm stand eine Schale mit Schokoladenmuffins. Lea schluckte.

«Shall we sit here?», fragte Julie und zeigte auf den Tisch in der Mitte.

Sie nickten.

Johnny griff nach der Getränkekarte. «I'll have a Sprite.»

«Me, too», sagte Julie.

Niklas merkte, dass er plötzlich überhaupt keinen Durst mehr hatte.

«What about you?», fragte Johnny.

«... dasselbe.»

«Ich auch», antwortete Lea leise.

Sie schwiegen, bis der Glatzkopf an ihren Tisch kam.

«Hello. What can I get you?»

«We would like four Sprites», sagte Julie.

«Anything to eat?»

«No, thank you.»

Der Glatzkopf schaute Johnny einen Moment lang an, als überlege er, ob er ihn schon mal gesehen hätte.

Waren sie verrückt?, dachte Niklas. Vielleicht hatte dieser Mann mehrere Menschen vergiftet und ein Mädchen entführt, und sie saßen hier in seinem Café und bestellten Sprite!

«What do you want to do this afternoon?», fragte Johnny mit lauter Stimme. «Play tennis?»

«That would be great», antwortete Julie. «Lea, would you like a lesson?»

«Ja ...»

Lea ließ ihren Blick durch den Raum wandern. Irgendwo musste doch ein Schild sein, wo es zu den Toiletten ging.

«What about you, Niklas?»

«Hm, vielleicht ...»

Jetzt kam der Glatzkopf zurück. Auf seinem Tablett standen vier Gläser und vier Sprite-Dosen. Niklas stellte erleichtert fest, dass sie noch zu waren.

«Now, here you are», sagte der Glatzkopf.

Schweigend sahen sie ihm zu, wie er die Dosen öffnete und ihnen einschenkte.

«Thanks.» Julie lächelte. «How much is that?»

«Two pounds, please.»

Julie holte ihr Portemonnaie aus der Tasche und gab dem Glatzkopf zwei Pfund. Ihre Hände zitterten kein bisschen. Wie schaffte sie es bloß, so ruhig zu bleiben?

«Thank you.»

Niklas probierte seine Sprite und verschluckte sich

prompt. Es war so schlimm, dass Lea ihm auf den Rücken klopfen musste.

«Besser?»

«... ja», keuchte er. «Ich finde, dass wir ... bald gehen sollten ...»

«Nein», sagte Lea. «Erst mal muss ich aufs Klo.»

Er schüttelte den Kopf, aber sie sah ihn so streng an, dass er nur seufzte.

«Bis gleich.»

Lea nahm noch einen Schluck Sprite und ging auf den Tresen zu.

«Is there a toilet here?», fragte sie den Glatzkopf.

«Yes, of course», antwortete er und deutete mit dem Kopf auf die Schiebetür hinter ihm. «You go through here. The *Ladies* is the second door on your left.»

«Thanks.»

Hinter der Schiebetür war es dunkel. Es dauerte einen Moment, bis Lea den Lichtschalter gefunden hatte.

Vier Türen gingen von hier ab. *Gentlemen* und *Ladies* stand an den beiden linken. *Private* an den beiden rechten.

Sie lauschte an der ersten Tür. Es war still dort drinnen. Aber als sie ihr Ohr an die zweite legte, hörte sie ein leises Geräusch. Es klang wie ein Stöhnen. Vorsichtig drückte sie die Klinke herunter. Die Tür war verschlossen. Noch einmal war das Geräusch zu hören,

DIES

und diesmal war Lea sich ganz sicher: In diesem Raum war jemand eingesperrt!

«What are you doing there?», sagte plötzlich eine drohende Stimme hinter ihr.

Sie drehte sich um. Da stand der Glatzkopf und starrte sie böse an.

«Sorry ... I was looking for the toilet.»

Er zeigte auf das Schild *Ladies.* «I told you it was the second door on your left.»

Lea nickte und verschwand auf die Toilette. Wie blöd, dass er sie bemerkt hatte. Wartete er jetzt auf sie und würde sie auch gleich in dem Zimmer einsperren?

Ihr Herz klopfte, als sie die Tür wieder öffnete.

Der kleine Flur war leer. Erleichtert lief sie zurück ins Café.

«Da bist du ja endlich!», rief Niklas.

«Wo ist er?», fragte Lea.

«He was here a couple of minutes ago», antwortete Johnny und blickte sich suchend um.

«Abgehauen!», sagte Lea. «Lasst uns gehen.»

Draußen erzählte sie den anderen, was passiert war.

«Are you sure you heard someone groaning in the other room?», fragte Julie und zog ihr Handy aus der Tasche.

«Ja!!!»

«Then I'll call the police.»

«Weißt du die Nummer?»

«It's 999.»

Während Julie wählte, hielt Niklas die Luft an. Hoffentlich würde die Polizei ihr glauben.

«Hello, my name is Julie Saunders. This is an emergency call ... We think we've found Sonia B., the missing girl. She's being kept in a backroom of *Fred's Café* ... Yes, in Kentish Town ... off Highgate Road ... Yes, we'll wait. Thanks.»

«Wann kommen sie?», fragte Niklas.

«They'll be here in a couple of minutes.»

WHAT HAPPENED?

Es dauerte fünf Minuten, bis die Polizei kam.

«Das sind ja die beiden aus der Polizeiwache!», rief Lea.

Der Dicke und der Dünne erkannten sie auch sofort.

«Did you call us?», fragte der Dünne.

Julie nickte.

«You stay right here, okay?», sagte der Dicke.

Dann rannten sie ins Café.

Kurz darauf kamen die anderen Gäste nach draußen. Sie sahen sich erschrocken an, die Babys weinten. Der Glatzkopf war nirgendwo zu sehen.

«Sollen wir Mama anrufen?», fragte Lea.

Niklas schüttelte den Kopf.

«Warum nicht?»

«Erst mal abwarten, ob sie jemanden finden.»

Johnny schaute sich nervös um. «I hope the bald man isn't watching us.»

«I'm sure if he's the one who kidnapped Sonia, he's on his way out of London right now», meinte Julie.

In dem Moment fuhr ein Notarztwagen vor.

«O nein!», stöhnte Lea. «Hoffentlich ist Sonia nicht verletzt.»

Zwei Pfleger stiegen aus, holten eine Trage aus dem Wagen und verschwanden im Café.

Immer mehr Menschen blieben stehen. Ein paar versuchten, das Café zu betreten. Der Dünne kam heraus und bat die Neugierigen weiterzugehen.

«Do you know where the owner of the café is?»

«He cleared off», antwortete Johnny.

«What does he look like?»

«He's between thirty and forty years old, bald, has a silver earring ...»

«And he's very tall», ergänzte Julie.

«What was he wearing?»

«A grey sweatshirt and jeans», rief Niklas. «And ... Turnschuhe ... Was heißt das?»

«Trainers», antwortete Julie.

Der Dünne sprach in sein Funkgerät. Eine Suchmeldung, dachte Niklas.

«What about the girl?», fragte Johnny. «Have you found her?»

«Yes, we have. She was in a locked room.»

«Is she all right?»

«Only the doctors at the hospital will be able to tell.» Der Dünne blickte sie ernst an. «We need to talk to you. Please call your mother and tell her to come to the police station in Kentish Town. And you'll come with me.»

Niklas wählte Mamas Nummer. Das würde Ärger geben, so viel war sicher.

«Hallo?»

«Mama, ich bin's.»

«Ist was passiert?»

Jetzt kamen die Pfleger aus dem Café. Auf ihrer Trage lag ein blondes Mädchen mit einem blauen T-Shirt. Es hatte die Augen geschlossen.

«Das ist sie!», flüsterte Lea.

«Niklas, antworte mir!», Mama schrie jetzt fast.

«Uns geht's gut, aber … wir haben das vermisste Mädchen gefunden.»

«Ihr habt *was*???»

«Die Polizei hat gesagt, dass du zur Polizeiwache nach Kentish Town kommen sollst.»

«Seid ihr schon dort?»

«Nein, wir stehen vor einem kleinen Café, aber die Polizei –»

«Was für ein Café?»

«Ist doch egal. Wir fahren mit dem Polizeiwagen zur Wache.»

«Will you please get into the car?», rief der Dünne.

«Ich muss auflegen», sagte Niklas. «Es geht los.»

«Kinder, was macht ihr bloß für Sachen!»

«Bis gleich, Mama.»

Niklas schob sein Handy in die Tasche und lief zu den anderen, die vor dem Polizeiwagen standen.

«My colleague is going to wait for the people who'll investigate the crime scene», verkündete der Dünne. «So one of you can sit in the front.»

«Oh, can I go there?», fragte Johnny.

«Da würde ich auch gern sitzen!», rief Lea.

«We don't have all day», sagte der Dünne.

Da beschloss Johnny, Lea den Platz zu überlassen, und setzte sich zu Niklas und Julie nach hinten.

«Will you start the siren?», fragte Johnny.

Der Dünne nickte, schaltete das Martinshorn ein, und los ging's.

«Super!», rief Lea und klatschte in die Hände.

«I don't know how you found out that Sonia was kept in that room», sagte der Dünne kopfschüttelnd. «We've searched the whole area several times.»

«It's a long story», meinte Julie. «Shall we tell you now?»

«No, wait until we've reached the police station», antwortete er und gab Gas.

Sie hatten den Beamten schon alles erzählt, als Mama kam.

«Wie konntet ihr nur so waghalsig sein und nach dem Mädchen suchen!», rief sie und nahm sie alle in die Arme.

«Es hat sich irgendwie so ergeben», murmelte Niklas. «Wir haben uns nur ’n bisschen in Kentish Town umgesehen.»

«And then we saw an interview with Sue Brookner on television», rief Johnny.

«She mentioned that the suspect had a café», fügte Julie hinzu.

«He’s still on the run», sagte der Dünne. «So you have to be careful. This man is dangerous.»

Mama nickte. «The children won’t be running around on their own any longer. I’ll make sure of that.»

O nee, dachte Niklas. Genau das hatte er befürchtet.

«Do you have any idea why the man kidnapped the girl?», fragte Mama.

Der Dünne schüttelte den Kopf. «She didn’t say anything when we found her.»

In dem Augenblick klingelte das Telefon. Der Dünne nahm den Hörer ab.

«Hello? ... Who? ... Oh, Sonia’s mother ... I’m glad to hear that your daughter is well ... And my colleague is speaking to her at the moment, is he? ... Yes, in fact the children are here ... What? ... I’m not sure if that’s possible ...»

Er schaute sie fragend an. «Sonia’s mother is asking if the children could come to the hospital. Sonia would very much like to thank them for rescuing her.»

«Ich weiß nicht», seufzte Mama.

«Bitte!», riefen Niklas und Lea.

«Na gut! What's the name of the hospital?»

«It's the Royal Free in Pond Street», antwortete der Dünne. «Will you go there straight away?»

Mama nickte.

«Hello?», sprach der Dünne ins Telefon. «Yes, the mother of the German children will take them to the hospital ... They should be with you soon ... All the best ... Bye-bye.»

«Can you give me directions how to get there?», fragte Mama.

«The Royal Free is near Hampstead Heath Railway Station. Remember: not Hampstead Underground Station! It shouldn't take you more than ten minutes.»

«Thank you.»

Sie verabschiedeten sich von dem Dünnen und waren schon fast draußen, als er ihnen nachrief: «And don't try to play detective any more.»

«They won't», antwortete Mama.

Auf dem Weg zum Krankenhaus mussten sie ihr alles nochmal ganz genau erzählen.

«If the ginger cat hadn't been there we might not have gone into the café», sagte Julie.

«Ja, eigentlich hat der orange getigerte Kater Sonia gerettet», rief Lea.

«Aber woher wusstet ihr denn, dass sie einen solchen Kater hat?», fragte Mama.

«Von Sonias Brüdern», antwortete Niklas. «Die hatten Ginger über den Hof gejagt.»

«Über was für einen Hof?»

«Den hinter dem scheußlichen Hochhaus, in dem Sonia wohnt», erklärte Lea.

«Allmählich begreife ich, wo ihr euch die ganze Zeit rumgetrieben habt», seufzte Mama.

Es dauerte doch eine Weile, bis sie das Krankenhaus gefunden hatten. Lea merkte, wie sie immer aufgeregter wurde. Gleich würden sie erfahren, warum der Glatzkopf Sonia entführt hatte.

«Wir bleiben nicht lange», meinte Mama, als sie im Fahrstuhl standen. «Sonia ist bestimmt erschöpft und muss sich ausruhen.»

«Aber die Mutter hat doch gesagt, dass sie uns sehen will», erwiderte Lea.

«Trotzdem.»

Sie betraten einen großen Raum mit vielen Betten. Schon von weitem sah Lea Sonias Mutter. Sie stand neben einem Bett und wiegte ihr Baby hin und her.

«Ich sehe sie!» Lea zeigte auf das Bett und lief los.

«Oh, there you are!», rief Sonias Mutter. «Thank you! Thank you so much!»

Sonia war blass, aber sie lächelte. «Hi», sagte sie leise.

«Hi. I'm Lea.»

«I remember your face ...»

«You saw me on Saturday morning, when you came out of the toilet of *Sue's Café*.»

«That's right ...»

«This is my brother Niklas and these are Johnny und Julie.»

«Hi ... And that's your mum?»

Lea nickte.

«We're so glad you're all right», murmelte Julie.

«How did you find me?», fragte Sonia, und dabei wanderten ihre Blicke von einem zum anderen.

Johnny und Julie erzählten abwechselnd, wie sie sie gefunden hatten. Als Sonia hörte, dass ein orange getigerter Kater im Hinterhof gesessen und miaut hatte, schrie sie kurz auf.

«That's Ginger!»

Ihre Mutter schüttelte erstaunt den Kopf. «And I thought he had run away!»

«How did he know I was there?»

«The café isn't far from us», antwortete Sonias Mutter. «Ginger often wanders around the area. Perhaps he saw you when Fred Smith brought you into his house.»

«You know his name?», fragte Johnny erstaunt.

«Yes, we do. He's had the café for years. It was always packed. But then Sue Brookner opened hers and he lost his customers. Apparently he has huge debts from gambling on horses. So he decided to destroy her business by smuggling some poisoned muffins into her café.»

«And I saw him doing it», sagte Sonia und begann zu erzählen. Am Sonnabendmorgen sei sie zum Café gegangen, weil sie Sue Brookner bitten wollte, ihrer Mutter noch eine Chance zu geben. Sie habe erst im Vorraum zu den Toiletten auf einen günstigen Moment gewartet. Als sie dann in die Küche gekommen sei, habe sie gesehen, wie Fred Smith ein paar Schokoladenmuffins aus einer Tasche genommen und auf das Backblech zu den anderen Muffins gelegt habe.

«I knew immediately that something was wrong because he was wearing gloves.»

«And then, what happened?», rief Lea gespannt.

«I wanted to run away, but I couldn't move. I kept staring at the muffins. And then he threatened me: ‹If you tell anybody ... You've got little brothers, haven't you?›» Sonia fing an zu weinen.

«Das ist alles viel zu viel für sie», flüsterte Mama.

«Pssst», zischte Lea.

«He told me to come with him ... He was mad, totally mad ... I was so afraid that I did what I was told ...»

So ein Monster, dachte Niklas. Hoffentlich würde die Polizei ihn bald finden, diesen Fred Smith.

HAT ER SICH INS AUSLAND ABGESETZT?

«Also», sagte Papa beim Abendbrot und blickte in die Runde, «ich kann's immer noch nicht fassen, dass ihr in so eine gefährliche Geschichte verwickelt worden seid.»

«Wir tun's nicht wieder», murmelte Niklas.

«Das wollen wir auch hoffen!», seufzte Mama und fuhr sich mit den Händen durch die Haare. «Sonst fliegen wir sofort nach Hamburg zurück!»

«If I had known what was going on I would have asked your mom to come back immediately», meinte Mr. Saunders.

«Don't tell her», sagte Julie. «She'll only get upset.»

«I have already told her.»

«Oh, no!», rief Johnny.

«She'll ring you after supper», sagte Mr. Saunders. «You'll have to promise her not to get involved in the search for the kidnapper. Otherwise she'll take the next plane to London.»

«Do you have to make such a big deal of all this?», fragte Julie.

«It is a big deal», antwortete Mr. Saunders ernst. «You could have been hurt by this madman. He sounds really evil.»

In der Nacht wachte Niklas auf. Irgendein Geräusch hatte ihn geweckt.

«Bist du wach?», hörte er Lea flüstern.

«Jetzt ja.»

«Ich kann nicht schlafen.»

«Musst du mich deshalb wecken?»

«Glaubst du, dass Fred Smith sich ins Ausland abgesetzt hat?»

«Keine Ahnung.»

«Dafür braucht man doch ziemlich viel Geld, oder?»

«Vielleicht hat er was gespart.»

«Quatsch! Sonias Mutter hat gesagt, dass er hohe Schulden hat.»

«Ich bin müde!», sagte Niklas. «Geh wieder ins Bett.»

«Ich habe Angst!», wimmerte Lea.

«Warum?»

«Dass er sich an uns rächen wird! Weil wir ihm auf die Spur gekommen sind.»

Daran hatte Niklas noch nicht gedacht. Plötzlich war er nicht mehr müde.

«Er weiß genau, wie wir aussehen», flüsterte Lea.

«Stimmt. Und er würde auch rauskriegen, wo wir wohnen.»

«Wir müssen ihn finden, bevor er uns findet.»

«Vielleicht haben wir Glück, und die Polizei erwischt ihn heute Nacht.»

Sie saßen noch beim Frühstück, als Sharon in die Küche kam.

«Good morning.»

«Hi», riefen Niklas und Lea im Chor.

«Have you heard about the girl?», fragte Sharon und zog ihre Zeitung aus der Tasche.

CHILDREN TRACK DOWN KIDNAPPED GIRL las Lea. «That's us.»

«Really?», rief Sharon und starrte sie verblüfft an.

Und dann mussten sie ihr alles ganz genau erzählen.

«Sonia's mother must be so relieved», meinte Sharon. «Hopefully it won't be long before the police catch this horrible man.»

«Do you think he's still in the country?», fragte Niklas.

«If he is, he either has to hide somewhere or walk around in disguise.»

«Disguise? What's that?», fragte Lea.

«He would wear sunglasses, no earring and different clothes», antwortete Sharon.

«Ah, ich weiß», sagte Niklas. «Eine Verkleidung.»

«Und 'ne Perücke!», rief Lea. «Was heißt das?»

Sharon zuckte mit den Achseln.

Niklas zeigte auf seine Haare. «Hair?»

«Oh, you mean a wig!» Sharon nickte. «Yes, he would certainly have to wear a wig!»

Jetzt kam Mama in die Küche. Sie warf einen Blick auf die Schlagzeile und seufzte.

«The children are amazing», sagte Sharon.

«I wish they hadn't got involved in all this», meinte Mama und schaute Niklas und Lea stirnrunzelnd an. «What are you going to do today? It's too cold to swim.»

«Play tennis», antwortete Niklas, ohne dass er mit Lea darüber gesprochen hatte. Hauptsache, Mama war beruhigt.

«Very well. The main thing is that you stay nearby. And don't forget –»

«Lunch is at one o'clock!», riefen Niklas und Lea.

«Exactly!»

«We'll have roast chicken today», sagte Sharon, «with baby potatoes and peas.»

«Hmmm, lecker!»

Sie zogen ihre Sportsachen an, holten Johnny und Julie ab und gingen nach unten zu den Tennisplätzen.

«Our mom was furious», sagte Julie. «We're not allowed to leave the Heath.»

«Wir auch nicht», stöhnte Lea.

Tennisschläger konnte man mieten, Bälle musste man neu kaufen. Zum Glück hatte Mama ihnen genug Geld mitgegeben.

«Lea, do you want to play with me?», fragte Julie.

«Ja, aber ich hab keine Ahnung, wie das geht.»

«I'll teach you.»

«Super!»

Der zweite freie Platz lag ein Stück weiter entfernt. Das war Niklas ganz recht so. Er wollte nicht, dass Julie sah, wie schlecht er spielte.

«When did you start playing?», fragte Johnny.

«Vor zwei Jahren.»

«Me, too.»

Sie waren ungefähr gleich gut, stellte Niklas erleichtert fest. Und nach einer Weile machte es ihm richtig Spaß. Ab und zu hörten sie Leas Kreischen, wenn sie wieder einen Ball in die Büsche geschlagen hatte und Julie und sie ihn suchen mussten.

Plötzlich bemerkte Niklas einen Mann mit einer Lederjacke, der nicht weit vom Zaun entfernt stand und ihnen zusah. Er war ungefähr so groß wie Fred Smith, hatte längere Haare, einen Bart und trug eine Sonnenbrille.

«Sieht du den Typen da vorn?», flüsterte Niklas, als sie die Seiten wechselten.

«Yes, he's been watching us for some time.»

«Glaubst du, das könnte Fred Smith sein?»

«I don't know.»

«Guck jetzt nicht zu ihm hin.»

«Is he wearing an earring?»

«Kann ich nicht erkennen.»

Niklas hatte Aufschlag. Als er irgendwann wieder zum Zaun hinübersah, war der Mann verschwunden.

Später erzählten sie Julie und Lea von ihrer Beobachtung.

«Warum habt ihr uns nicht Bescheid gesagt?», rief Lea aufgeregt.

«Damit du sofort die Polizei rufst?», antwortete Niklas.

«Natürlich.»

«Wir können nicht jemanden verdächtigen, nur weil er so groß ist wie Fred Smith und eine Sonnenbrille trägt.»

«You're right», sagte Julie. «We should just forget the whole thing.»

«Kann ich aber nicht», murmelte Lea.

Nachmittags saßen sie drüben bei Johnny und Julie und spielten Karten.

«Do you want to watch the news?», fragte Julie nach einer Weile.

«Ich denke, wir sollen die ganze Sache vergessen», sagte Lea.

«Easier said than done», antwortete Julie und schaltete den Fernseher ein.

In den Nachrichten wurde nur erwähnt, dass die Polizei weiterhin nach dem Mann suche, der Sonia entführt hatte.

«That was it?», rief Julie enttäuscht.

«I'll have a look at the internet», sagte Johnny und setzte sich an seinen Laptop. «I'm sure there'll be a lot of more information.»

Es gab einige Artikel über Sonia, der es gutging und die inzwischen zu ihrer Mutter und ihren Geschwistern zurückgekehrt war.

«Da hat sie echt Glück gehabt», sagte Niklas.

Die anderen nickten.

In den Kurzmeldungen hieß es, dass die Suche nach Fred Smith auf Hochtouren laufe.

Und der vergiftete Mann schwebte nicht mehr in Lebensgefahr.

«Hey, look at that!» Johnny zeigte auf den Bildschirm. «An interview with Sue Brookner.»

«Super!», rief Lea.

«She hopes that she'll soon be able to reopen her café.»

«Does she say anything about Fred Smith?», fragte Julie.

«Let me see ... Yes, she does: *I'm sure the police will find him and if he has gone abroad he will also be found at some stage … He's crazy … Yes, I have been offered protection by the police, but I turned it down.*»

Niklas runzelte die Stirn. «Das hab ich nicht verstanden. Was hat man ihr angeboten?»

«… Polizeischutz», antwortete Julie.

«Und den will sie nicht?», fragte Lea erschrocken.

Johnny schüttelte den Kopf. «She says: *I still sleep well at night.*»

«I would be worried if I were her», sagte Julie. «Do you remember the interview with her on television? She didn't mention his name, but she said that she had talked to the police about her suspicion.»

«Ja», murmelte Niklas. «Kann gut sein, dass er sich dafür rächen wird.»

Lea überlegte. «Was könnte er planen?»

«He might attack Sue Brookner», antwortete Johnny.

Julie nickte. «That's what the police think as well. Otherwise they wouldn't have offered her protection.»

«Fragt sich nur, wo er sie angreifen würde», sagte Lea. «Bei ihr zu Hause oder irgendwo in der Stadt.»

«Oder am ladies' bathing pond!», rief Niklas. «Sue Brookner hat doch neulich im Fernsehen gesagt, dass sie jeden Tag auf der Heath schwimmen geht.»

«Stimmt», sagte Lea. «Wenn Fred Smith das Interview auch gesehen hat …»

«So what's the plan?», fragte Julie.

Niklas dachte an Mamas und Papas Verbot, sich an der Suche nach Fred Smith zu beteiligen. Aber konnten sie sich nicht trotzdem kurz mal die Gegend um den Teich herum angucken?

«Ich weiß, was wir machen!» Leas Augen leuchteten. «Wir fragen Mama, ob sie morgen früh mit Julie und mir im ladies' bathing pond schwimmen geht.»

«That's a super idea!», rief Johnny. «And while you are in the water, Niklas and I can have a look around.»

«Hauptsache, es ist morgen nicht mehr so kalt», sagte Lea. «Sonst geht Mama nicht mit uns schwimmen.»

WHAT'S THAT?

Am nächsten Morgen schien die Sonne, und der Himmel war strahlend blau. Damit hatte Lea nicht gerechnet. Vielleicht würde es klappen.

«Was wollen wir heute machen?», fragte Mama beim Frühstück.

«Ich würde gern mal in dem Teich baden, der nur für Frauen ist», antwortete Lea und versuchte, ganz ruhig zu klingen.

«Wirklich? Ich dachte, der gefiel dir überhaupt nicht.»

«Das weiß ich erst, wenn ich's ausprobiert hab. Julie hätte auch Lust dazu.»

«Und was ist mit Niklas und Johnny?», fragte Mama. «Die Väter müssen arbeiten. Sonst könnten sie mit ihnen zum men's bathing pond gehen.»

«Wir warten in der Nähe auf euch», meinte Niklas. «Ihr bleibt ja nicht ewig im Wasser.»

«Wollen wir nicht lieber alle zusammen etwas unternehmen?»

«Können wir hinterher immer noch», antwortete

Lea. «Heute ist das Wetter so schön, und du hast Zeit mitzukommen. Kinder dürfen doch nicht allein im Teich schwimmen.»

«Na gut», sagte Mama. «Versuchen wir's.»

«Juhu!», rief Lea.

Niklas warf ihr einen genervten Blick zu. Musste sie unbedingt so jubeln? Mama guckte schon ganz erstaunt, dass Lea sich so freute, nur weil sie im Teich schwimmen würden.

Auf dem Weg zum ladies' bathing pond waren sie alle vier ziemlich still.

«Was ist mit euch?», fragte Mama.

«Nichts», murmelte Niklas.

An der Abzweigung blieben Johnny und er stehen.

«Wir schwimmen höchstens 'ne halbe Stunde», sagte Mama.

«Okay.»

«Und was wollt ihr beide machen?»

«Wir gucken uns hier 'n bisschen um», antwortete Niklas.

«Aber nicht zu weit gehen.»

«Nei-ein!»

Lea, Julie und Mama hatten kaum den Steg erreicht, als die Bademeisterin auf sie zukam.

«Hello!», sagte sie und lächelte. «Sue Brookner told me yesterday afternoon that you found the kidnapped girl! Well done!»

«I'd rather they hadn't got involved in the search», seufzte Mama.

«Sure, I can understand that. It must have been quite dangerous.»

Was hatte die Bademeisterin gerade gesagt? Sue Brookner war gestern Nachmittag hier? Lea schluckte vor Aufregung. Vielleicht würde sie heute auch wieder nachmittags kommen.

«Why don't you go for your swim now? The water is lovely and warm today.»

Mama rührte sich nicht vom Fleck.

«Was ist?», rief Lea.

«Der Teich sieht so dunkel aus. Ich weiß nicht, ob ich Lust habe, darin zu schwimmen.»

«Och, komm! Es ist bestimmt toll.»

«Zwischen all den Enten?», fragte Mama skeptisch.

«Es sind mindestens ... zehn Frauen im Wasser», zählte Lea.

«Wahrscheinlich gibt's hier lauter Schlingpflanzen, in denen man mit den Beinen hängen bleibt.»

«Glaub ich nicht.»

«Komisch, du bist doch sonst so empfindlich», sagte Mama kopfschüttelnd.

«Shall we get changed?», fragte Julie.

«Ja!», rief Lea und zog Mama hinter sich her in Richtung Umkleidehäuschen.

Niklas und Johnny waren auf den Hauptweg zurückgegangen. Kurz darauf schlugen sie sich links ins Gebüsch. Vielleicht gab es irgendwo einen anderen Zugang zum Teich, von dem aus man die Badenden beobachten konnte. Nein, hier standen die Büsche so dicht, da würden sie nicht durchkommen.

«Fred Smith certainly didn't get through here», murmelte Johnny.

«Wir versuchen es woanders», sagte Niklas.

Hundert Meter weiter entdeckte er eine schmale Öffnung zwischen den Büschen. «Guck mal!»

Jemand hatte die Brombeerranken platt getreten und einige Zweige abgebrochen.

So gelangten sie mühelos fast bis zum Teich.

«What's that?», fragte Johnny und zeigte auf ein paar graue Fäden im Brombeergebüsch.

«Sieht aus, als ob hier jemand hängen geblieben ist», antwortete Niklas.

«Fred Smith was wearing a grey sweatshirt.»

«Ja.» Niklas schob ein paar Äste beiseite. Er konnte deutlich Lea erkennen, die zwischen den Enten umherschwamm. «Vielleicht hat Fred Smith hier gesessen und Sue Brookner beim Schwimmen zugesehen.»

«He might come back.»

Niklas dachte nach. Wie könnten sie es anstellen, nochmal hierherzukommen, ohne dass Mama misstrauisch wurde?

«We need to find a spot where we can keep an eye on his hiding place», sagte Johnny. «As soon as Fred Smith arrives we'll text Julie and Lea and they can warn Sue Brookner.»

«Ja.» Niklas sah, wie Mama aus dem Wasser stieg und nach ihrem Handtuch griff. «Wir müssen uns beeilen. Meine Mutter hat schon genug vom Schwimmen.»

«Okay. Let's have a look.»

Niklas warf einen letzten Blick auf die grauen Fäden. Oder sollten sie jetzt die Polizei benachrichtigen? Nein, die Beamten würden sie wahrscheinlich auslachen. Heute Morgen hatte er in den Nachrichten gehört, dass die Polizei vermutete, Fred Smith könne sich von seiner Mutter Geld für ein Flugticket geliehen haben und nach Südamerika entkommen sein. Man würde ihn kaum am ladies' bathing pond suchen.

Sie fanden sehr schnell eine geeignete Stelle, von der aus sie das Versteck im Blick haben würden.

«How can we slip out here in the afternoon without your mother noticing it?», fragte Johnny.

«Keine Ahnung», antwortete Niklas. «Da müssen wir uns echt was einfallen lassen.»

Als sie zum Badesteg zurückkamen, warteten Mama, Lea und Julie schon auf sie.

«Na, wie war's?», fragte Niklas.

«Toll!», rief Lea.

«Nicht so mein Fall», murmelte Mama. «Ich hab's lieber, wenn ich den Grund sehen kann.»

«I quite liked it», antwortete Julie.

«Ich hoffe, ihr habt euch nicht gelangweilt», sagte Mama und sah Niklas prüfend an.

«Nee.»

«It's such a nice park», rief Johnny.

Lea fing an zu kichern.

Niklas räusperte sich. Sie würde es fertigbringen und alles verraten.

«Ist irgendwas?», fragte Mama.

Lea schüttelte den Kopf, aber sie konnte nicht aufhören zu kichern. Manchmal ging sie Niklas wirklich auf die Nerven.

«Was haltet ihr davon, wenn wir uns das *Natural History Museum* ansehen?»

«Jetzt?», rief Lea und kicherte plötzlich nicht mehr.

«Ja, da gibt's die berühmte *Dinosaur Gallery*. Die wird euch gefallen.»

«Müssen wir bei dem schönen Wetter unbedingt ins Museum?», maulte Niklas.

«Ach, Kinder», seufzte Mama. «Ihr wollt doch London kennenlernen.»

«Die Dinosaurier können wir auch angucken, wenn's wieder regnet», sagte Lea.

«Wozu habt ihr denn Lust?»

«Tennis spielen», antwortete Niklas.

«Yes, that would be fun», meinte Julie.

«Na gut», meinte Mama. «Und mittags gehen wir Pizza essen.»

Es war kurz nach zwei, als sie aus der Pizzeria kamen.

«We have to hurry up», flüsterte Johnny.

«Ich weiß», flüsterte Niklas zurück.

Mama hatte darauf bestanden, dass sie alle noch einen Nachtisch bestellten. Und dann hatten sie ewig auf die Rechnung gewartet.

«Wir bleiben noch ’n bisschen draußen», sagte Niklas, als sie zu Hause ankamen.

«Hauptsache, ihr geht nicht nach Kentish Town!»

«Versprochen!»

Sobald sie außer Sichtweite waren, fingen sie an zu rennen.

«Wir wissen schon, wo wir uns verstecken werden», rief Niklas. «Aber ihr müsst euch auch ein Versteck suchen. Fred Smith würde euch sofort wiedererkennen.»

«We could go into the changing room», schlug Julie vor. «And when Sue Brookner comes in, we’ll be able to warn her.»

«Super!», rief Lea.

«Have you got your mobiles switched on?», fragte Johnny.

«Natürlich!»

Sie trennten sich an der Abzweigung zum ladies' bathing pond.

«Seid vorsichtig», sagte Lea und sah auf einmal ganz ernst aus.

«Ich glaube, es ist zu spät, um zu seinem Versteck zu gehen», flüsterte Niklas. «Er sitzt vielleicht schon da.»

Johnny nickte. «Let's go straight to our hiding place.»

Sie fanden die Stelle sofort wieder, von der aus sie das Versteck im Blick haben würden. Noch war von Fred Smith nichts zu sehen.

«He might not come at all», murmelte Johnny.

Lea und Julie warteten inzwischen auf einen Moment, in dem sie ins Umkleidehäuschen gelangen konnten, ohne von der Bademeisterin gesehen zu werden. Wenn Kinder hier nicht allein baden durften, durften sie sicher auch nicht allein ins Umkleidehäuschen.

«Ob Sue Brookner schon da ist?», flüsterte Lea.

Julie reckte den Kopf. «I can't see her red bathing cap anywhere.»

In dem Augenblick rief eine alte Frau nach der Bademeisterin. Sie schaffte es nicht, auf den Steg zurückzuklettern.

«Jetzt oder nie!», flüsterte Lea und gab Julie ein Zeichen. Sie rannten zum Umkleidehäuschen und schlossen die Tür hinter sich.

«You're not allowed to swim here on your own», sagte eine Stimme hinter ihnen.

Lea drehte sich um. Vor ihnen stand eine junge Frau und lächelte.

«We don't want to go swimming», antwortete Julie schnell. «We're just hiding in here, so that our brothers won't find us.»

«Oh, I see. Well, good luck.»

«Das können wir gebrauchen», flüsterte Lea, als die junge Frau gegangen war.

Leider konnten sie vom Fenster aus nur einen Teil des Teichs überblicken. Und den Steg sah man gar nicht von hier.

«We can only hope that Sue Brookner comes in here to get changed», flüsterte Julie. «Otherwise we won't be able to warn her.»

«Wer weiß, ob sie überhaupt kommt.»

Niklas und Johnny starrten zu dem Versteck hinüber. Wie lange sollten sie hier warten? Vielleicht war Fred Smith tatsächlich längst in Südamerika, und die grauen Fäden stammten vom Pullover irgendeines Spanners, der die badenden Frauen beobachtet hatte.

«I've got a text from Julie», flüsterte Johnny. «Sue Brookner is swimming in the lake, but they couldn't warn her, because she didn't come into the changing room.»

«So ein Pech!», seufzte Niklas. Sein rechter Fuß war eingeschlafen. Lange würde er hier nicht mehr sitzen können.

Plötzlich hörte er ein Geräusch. Und dann sah er den Mann! Er trug eine Sonnenbrille, eine dunkelgrüne Baseballkappe, Jeans und ein graues Sweatshirt. In der Hand hielt er eine Plastiktüte. Niklas' Herz klopfte.

«That's him», flüsterte Johnny.

Fred Smith fing an sich auszuziehen. Niklas traute seinen Augen nicht. Was war denn das? Er hatte einen Badeanzug an! Und jetzt zog er eine braune Perücke aus der Plastiktüte.

«Ich schicke Lea eine SMS, damit Julie und sie Sue Brookner doch noch warnen können.»

«And I'll call the police.» Johnny wählte 999. «Hello», flüsterte er. «My name is Johnny Saunders. We've found Fred Smith. He has disguised himself as a woman and is about to go swimming in the ladies' bathing pond on Hampstead Heath. Sue Brookner is also swimming in there!»

In dem Augenblick sah Niklas etwas aufblitzen. Ihm brach der Schweiß aus. Fred Smith hielt ein Messer in der Hand!

Julie wollte die rote Bademütze von Mrs. Brookner im Blick behalten, aber das war nicht einfach.

«Ich hab eine SMS von Niklas bekommen», sagte Lea und starrte auf ihr Handy. «O nein! Fred Smith hat sich als Frau verkleidet und wird jetzt im Teich schwimmen gehen!»

«We have to call Sue Brookner to come out.»

«Wenn Fred Smith uns sieht, wird er sofort verschwinden.»

«I'll call her from here», sagte Julie und öffnete das Fenster.

«Hoffentlich hört sie dich.»

«Sue Brookner?», rief Julie. «Sue Brookner, could you please come to the changing room! Sue Brookner!»

«Kannst du sie sehen?»

«No! I can't! She probably didn't hear me. I'll try again.»

Did you hear that?», fragte Johnny. «I think someone called Sue Brookner.»

Niklas lauschte. Ja, jetzt hörte er es auch. War das Julies Stimme? Plötzlich bekam er es mit der Angst. Wenn Lea und Julie jetzt am Teich standen und nach Sue Brookner riefen, würde Fred Smith sie sehen. Und was würde dann passieren? Der Typ war zu allem fähig. Konnte sich die Polizei nicht etwas beeilen?

«Where is he?», flüsterte Johnny.

Niklas reckte den Hals. Er konnte die braune Perücke nirgendwo entdecken.

Lea spürte eine Hand auf ihrer Schulter. Es war die Bademeisterin.

«What's going on here?»

«Please ask Sue Brookner to come out of the water», sagte Julie. «We'll explain it to you later.»

«The two of you were here this morning, together with your mother.»

«Please!!!», rief Lea.

«It's really urgent!», sagte Julie. «Sue Brookner's life might be in danger!»

Da rannte die Bademeisterin nach draußen.

«Will Sue Brookner please come to see the lifeguard!», hörten sie sie rufen.

«There she is», sagte Julie und zeigte auf eine rote Bademütze.

Sue Brookner schwamm auf die Bademeisterin zu.

«Glück gehabt», murmelte Lea.

«I had a text from Johnny. He called the police. I hope they'll hurry up.»

«Und ich hoffe, dass die beiden ein sicheres Versteck haben.»

«Look!», flüsterte Johnny.

Niklas stockte der Atem. Die braune Perücke! Fred

Smith schwamm nun zurück zu seinem Versteck und war nur noch ein paar Meter von ihnen entfernt. Wenn er sie hier entdeckte, waren sie dran!

Und dann ging alles plötzlich ganz schnell. Fred Smith stieg gerade aus dem Wasser, als sofort zwei Polizisten aus den Büschen auf ihn zusprangen und ihm die Arme auf den Rücken drehten. Er wehrte sich zwar sehr, aber sie hatten ihm schon Handschellen angelegt.

«Phew! That was close!», sagte Johnny.

JETZT IST ABER SCHLUSS!

Wieder trafen sie Mama auf der Polizeiwache in Kentish Town. Und wieder hatten der Dünne und der Dicke Dienst. Sue Brookner war auch schon da. Niklas sah, dass sie geweint hatte.

«Kinder, mir wird ganz schlecht, wenn ich daran denke, was euch hätte passieren können», rief Mama und drückte sie. «Dabei wusstet ihr doch –»

«Tut uns leid, Mama», unterbrach Niklas sie.

«Fred Smith had a knife», sagte der Dünne. «I'm sure he intended to kill Mrs. Brookner by stabbing and drowning her. And afterwards he might have disappeared unnoticed because of his disguise.»

«I'm so grateful to the children.» Sue Brookner begann wieder zu weinen.

«If he had discovered the boys, he might have attacked them», sagte Mama.

Lea begann plötzlich zu zittern. «Ich hab solche Angst gehabt!»

«Meine kleine Lea», sagte Mama und nahm sie in die Arme.

Kurz darauf kamen Papa und Mr. Saunders.

«Jetzt ist aber Schluss!», rief Papa. «Habt ihr denn völlig den Verstand verloren, hier in London Detektiv spielen zu wollen?»

«We weren't playing», sagte Johnny leise.

Abends telefonierte Lea mit Sonia. Sie hatte schon von der Polizei erfahren, dass Fred Smith verhaftet worden war.

«And it was really you who tracked him down?»

«Well, together with my brother and our South African friends.»

«Thank you very much. Now I won't feel nervous any more when I go out.»

«We wanted to ask you something ...»

«What is it?»

«Would you like to have breakfast with us tomorrow morning? Your mother and your brothers are very welcome, too.»

«Oh, that would be nice ... I'll ask my mum.»

«Kommen sie?», fragte Niklas.

«Weiß ich noch nicht.»

«Hello?», rief Sonia.

«Yes?»

«My mum would like to speak to your mother. My brothers are quite wild and she isn't sure if it's really all right to bring them.»

Mama konnte sie beruhigen. Die Kinder würden sicher gern mit den beiden Jungen spielen. Und auf das Baby würden sie sich auch schon freuen.

«Das wird 'ne große Runde», sagte Papa. «Ich hoffe, wir haben genug zu essen.»

«Wir könnten ein paar Scones backen», schlug Mama vor.

«Super!», rief Lea.

«And what about some really good muffins?», fragte Mr. Saunders.

Johnny schaute ihn ungläubig an. «Do you know how to make them?»

«Yes, in fact I do.»

«You've never made any for us», beklagte sich Julie.

«There's always a first time», antwortete Mr. Saunders.

«What kind of muffins?», fragte Johnny.

«Chocolate, blueberry, cherry ... whatever is available.»

«Und was backst du für uns, Papa?», fragte Lea.

«Ich werde für alle Spiegeleier braten!»

Am nächsten Morgen halfen Niklas und Lea, das Frühstücksbuffet aufzubauen.

Julie, Johnny und Mr. Saunders kamen als Erste.

«Habt ihr auch schon so 'n Hunger?», fragte Lea.

«Yes, I'm starving!», rief Johnny.

Gleich darauf klingelte es wieder. Es waren Sonia und ihre Brüder. Die Mutter hatte das Baby auf dem Arm. Diesmal weinte es nicht.

«Thanks for the invitation», sagte Sonia und lächelte.

Und dann klingelte es ein drittes Mal.

«Wer kommt denn jetzt noch?», fragte Niklas.

«Unser Überraschungsgast», antwortete Papa und machte die Tür auf.

Da stand Sue Brookner mit einem großen Blumenstrauß. «Thank you so much for inviting me over.»

O nein, dachte Lea. Hoffentlich geht das gut. Sonias Mutter war doch von Sue Brookner entlassen worden.

Aber es schien sogar sehr gut zu gehen. Die beiden lachten miteinander und lobten die Muffins von Mr. Saunders.

«Have you heard the good news?», fragte Sonia.

«No, we haven't», antwortete Lea. «What is it?»

«Next week Sue Brookner will reopen her café and she has asked my mum if she wants to work for her again.»

«Really? Hey, that's great.»

«She'll also help my mum getting some financial support.»

«That's super», sagte Niklas und biss in seinen Schokoladenmuffin. Köstlich!

© Pia Mortensen

Renate Ahrens

1955 in Herford geboren, studierte Englisch und Französisch in Marburg, Lille und Hamburg. Zu ihren Veröffentlichungen gehören Kinderbücher, Drehbücher fürs Kinderfernsehen, Hörspiele, Theaterstücke und zwei Romane für Erwachsene.

1986 wanderte sie mit ihrem Mann nach London aus. Von dort ging es weiter nach Irland. Heute lebt sie abwechselnd in Dublin und Hamburg.

Nach *Detectives At Work. Rettet die Geparde!* ist dies der zweite Band der spannenden deutsch-englischen Kinderkrimis von Renate Ahrens.